覆面作家

大沢在昌

講談社

目次

幽霊

テレビの電源を入れ、ゲーム機のコントローラーを手にしたとき、電話が鳴った。リビングルームにおいた子機の液晶画面には「非通知」の文字が浮かんでいたが、私は気にしなかった。私の仕事場に電話をよこす出版社の編集部のうち、いくつかが、発信者番号を秘匿《ひとく》する非通知モードでNTTと契約を結んでいる。かけてくるほうの編集者もそれを知らず、一度指摘したが、

「あっ、そうなんですか。それは失礼しました」

で終わってしまった。編集部の使っている電話回線全体に設定されているようで、それが嫌ならこちらの電話機を「非通知発信者拒否」にする他ない。面倒なので、それはしていなかった。

「はい」

子機をとりあげ、私は返事をした。ふだんより明るい声がでた。

理由はあった。午後五時過ぎというこの時間は本来なら最も集中して原稿を書いている筈《はず》なのだが、今日に限って妙に筆が早く進み、五時前に、ノルマである週刊誌連載一本ぶんが終わってしまった。四百字詰め原稿用紙十六枚を、二時間で書きあげるというのは、三十代、四十代の元気だった頃のペースで、五十を過ぎてからめっきり執筆速度が落ちたと感じていた私は、スポーツで若者を打ち負かしたおとうさんのような気分だったのだ。

夕食にも、ましてや飲みにでるのにも時間が早く、それなら時間潰《つぶ》しにと、やりかけのロールプレイングゲームを進めるべく、ゲーム機のスイッチを入れ、テレビのリモコンを操作したところだ。

「○○先生でいらっしゃいますね」

聞き慣れない男の声がいい、私は少し警戒した。つきあいのある編集者なら、私を先生とは呼ばない。つきあいのない編集者は、ここではなく、マネージャーのいる事務所に電話をしてくる。なぜならここの電話番号は非公開で、通常、新規の仕事の依頼は事務所に入る。

「そうですが、そちらは？」

応答したが、「○○先生のお宅ですか」と訊《たず》ねず、「○○先生でいらっしゃいますね」と念を押したところもひっかかっていた。私がいるのは、仕事場として使っているマンションの部屋で、確かにここに家族はいない。しかしそれを知っているのは、交友のある人間に限られる。

「名前を申しあげてもご存じないと思いますが、マノと申します」

男はいった。落ちついているが、どこかなれなれしさを感じさせる声だった。

「マノさん」

私はいって、沈黙した。マノという知り合いはいない。

「実は先生に、折りいってお話ししたいことがあります」

「どういうご用件でしょう」

「先生のお仕事のお役に立つ情報なのですが、電話でお話しするにはこみいっておりまして……」

「そういうお話でしたら、私ではなく、週刊誌の編集部などにかけられたほうがよい、と思いますよ」

私はいった。小説のネタの売りこみをうけるのは十年ぶりで、しかも一度あったきりだ。私の書いたスパイ小説を読んだ男が、「作品に登場する秘密組織にそっくりの機関が防衛庁（当時）にある。話をぜひ聞いてほしい」と電話をかけてきたのだ。私は断わった。事実だとしても、私に話すのはお門《かど》ちがいで、こちらは嘘《うそ》を商売にしている小説家なのだ。「嘘のような真実」があるのなら、私ではなく、週刊誌などのほうが向いている。電話は一度きりで、その後はなかった。

「いえ。この話は、週刊誌なんかでは記事にできません。先生が小説に書いて下さりでもしない限り、誰も信じないと思うのです」

「小説にしたら、ますます信じませんよ。小説というのは基本的にすべて作りものですから」

私はいった。

「しかし先生の作品は、そうとは思えない部分がたくさんあるじゃないですか。暴力団や警察にも詳しいし。きっといいパイプをもっていらっしゃるのだろうと思っているのですが」

マノはひっかかる口調でいった。

「そういうのはまったくありません。すべて想像で書いています」

私は答えた。真実だった。しかし多くの人にそう信じてはもらえていない。インタビューにやってきた新聞記者にすら、信じてもらえないときがあった。パイプなどない、すべて空想だ、と答えても、「まあまあ、そうおっしゃる他ないのはわかりますよ。取材源は明せないですものね」としたり顔でいわれ、がっかりする。考えようでは、それだけ私が見てきたように嘘を書いている、という証明でもある。ほめられた、と受けとめることにしていた。

「ほう」

マノはいった。

「だとしたら、たいへんな才能ですな」

私は苦笑した。会ったこともない男にそういわれ、怒るというよりはしらけた。たいへんな才能だとは思わないが、少なくとも三十年以上、推理小説家として食べてこられたわけだから、それはこのマノ氏に認められるまでもなく、自分が誰よりわかっている。

「いずれにしても、私はあまりそういうお話で小説を書くことはないんです」

いい加減あきらめろよ、と思いながらいった。だがマノはしつこかった。

「いや、このお話は、先生でないと小説にはできないと思うのです。他の作家の方では書けない」

「そんなことはわかりませんよ。私より才能のある人はいくらでもいます。ただ、こうしてもちこまれた材料を使うかどうかは、人によって異なると思いますが。少なくとも私は、使いません」

断言した。沈黙があった。

「ところでここの電話番号をどこでお知りになりました」

沈黙が不気味なこともあり、私は訊ねた。マノがふっと笑う気配があった。

「簡単ですよ。電話番号を調べるくらいは。私が先生にお話ししようと思っていたことに比べたら」

「そうですか。いずれにしろ、お役に立てなくて申しわけありません」

「あの――」

ようやく弱気を感じさせる口調になって、マノがいった。

「もしどこかで偶然お会いする機会があって、先生にお時間があるようでしたら、話を聞いていただけますか」

「そうですね。お約束はできませんが、そのときによる、でしょうね」

「わかりました。お忙しいところを失礼しました」

電話は切れた。不気味さが増していた。〝偶然お会いする機会〟など、その気になればいくらでも作れるだろう。公開していない電話番号を調べる術《すべ》があるなら、仕事場の住所だって簡単に調べられる。外で待ち伏せ、尾行をすれば、どんな偶然も装える。

私は息を吐き、手にしたままの子機で、事務所にかけた。応答したマネージャーに、今かかってきた電話の内容を話し、何もする必要はないが、このことを心にとめておいてくれと告げた。マネージャーは緊張した声になって、

「わかりました。でも、大丈夫ですか」

と訊ねた。

「大丈夫も何も、実害があったわけじゃない」

私はいって笑った。かりにもハードボイルドを書いているのだから、このていどで恐《こわ》がっては、読者に申しわけが立たない。

「だけどその人は、ストーカーまがいのことをしませんかね」

「男だからな。そのケがあるというのじゃない限り、たかが知れているだろう。どこかで待ち伏せられても、それなりに話を聞いてやれば納得するのじゃないのかな」

「気をつけて下さい。といっても、気をつけようがないですが」

「そうだな。まあ、そちらの業務に支障をきたすようなことがなければ大丈夫だろう」

私はいって、電話を切った。事務所ではホームページを運営しているので、そこへ

の妨害がおこなわれることだけは注意しなければならない、と思ったのだ。

私自身はコンピューターを一切いじらないからそういう心配はない。手で原稿を書く小説家は、年齢的にいって、私が最後になるだろう。私より年長の小説家でも、手書きはごく限られた人々だ。

別に手書きにこだわっているのではない。今から二十年前、当時発売されて間もないワードプロセッサを進呈され、使おうと試みたことはある。だが四百字詰め一枚を打つのに一時間かかり、投げだしてしまった。

いわゆるブラインドタッチができるまで我慢しつづければよかったのだろうが、それよりもさっさと書きあげ、遊びにいくことを選んだのだ。

一番の不安は、私の原稿は、出版社が印刷所に入稿する際に、編集者がパソコンで打ち直すというひと手間がかかるため、売れなくなったら即注文が途絶《とだ》えるだろう、ということだ。

以前その話を同業として親しい、ある女流作家にしたところ、

「いいわよ、そうしたらわたしがオペレーターやって打ち直してあげる」

といわれた。しかし彼女は私の十倍は本が売れる超流行作家で、とうてい手間賃を払えないと辞退した。

「大丈夫、そのときはオペレーターの相場でいいから」

もはやお金にはあまり執着がないのか、そう答が返ってきた。私は首をふった。かりにそんなことになれば、それこそ出版社は、殺し屋を雇ってでも、私に消えてほしいと願うだろう。私の小説の打ち直しなどする暇があったら、彼女の小説をもらったほうが十倍、いや百倍よいに決まっている。

剣と魔法の世界を二時間ほど楽しみ、私はいきつけの鮨屋《すしや》で志乃《しの》と落ちあった。志乃は、私がこのところ通っている六本木のクラブのホステスだ。以前からの約束で、同伴出勤をすることになっていた。

志乃とは四年前に、今はもうなくなってしまった別のクラブで知りあった。優しげな顔に似合わず、本音をずけずけいう。三十という年齢は、六本木のホステスとしては上に属するが、細やかでプロらしい応対とすらりとした美脚が気にいっている。

食事をして、そのクラブ「華里《かり》」に午後九時に入った。ひとりのときは定位置になっているカウンターに案内され、ヘルプの娘が作ったシングルモルトの水割りを手にした。

三十分ほど過したところで、志乃がマネージャーに呼ばれ、戻ってくるといった。

「今、映文社《えいぶんしゃ》の乗倉《のりくら》さんから電話があって、よろしければお邪魔したいって」

「かまわない」

私は頷《うなず》いた。乗倉は、最近、私の出版担当になった編集者だった。以前は週刊誌にいて、所帯もちだがそれをまったく感じさせない遊びっぷりで、他社の呑《の》んべ編集者たちともすぐに打ちとけていた。酒を飲む小説家が以前に比べて減り、出版関係のパーティのあと、二次会三次会で、複数の社の編集者が呉越同舟《ごえつどうしゅう》で酒場にくりだす機会が少なくなっている。私は必ずといってよいくらい、そういうときは大人数で飲みにいく。

囲まれて自分がいい気分になれる、という理由もあるが、デビューした三十年近く前は、先輩作家たちがあたり前のようにそうする姿を見てきたからでもある。こうした場では、編集者は編集者で交友を深め、情報を交換するのだ。その機会を提供できる、という自負がある。もちろん飲み代は、各社が割り勘で払うわけで、奢《おご》られてい い気になっているといわれれば、それまでだが。

十時少し前、私はトイレに立った。「華里」のトイレは、店の奥まった位置にあり、ドアを開けると洗面所、その先に個室ふたつが並んでいる。洗面台はひとつしかない。

個室をでて、手を洗っていると、扉が開いた。男がひとり入ってくる。私は背後を通って個室に入る男のために、体を洗面台に近づけた。

「○○先生ですね」

男がいい、私は正面の鏡を見た。斜めうしろにノーネクタイでスーツを着ている男がいた。年齢は四十代の初めくらいか。額がわずかに後退していて、サラリーマンにも、そうでないようにも見える、微妙な雰囲気だ。背は私と同じくらいだ。

「そうですが」

水道を止め、ペーパータオルを引きだしながら答えた。飲み屋で声をかけられることはたまにある。ホステスで私の名や顔を知っている女性はまれだが、客の中には読者がときおりいた。

芸能人が飲んでいると声をかけづらいものらしいが、小説家はそうでもないようだ。握手を求められることもある。こちらもそういうときは気どらずに応じる。互いに鼻の下をのばして飲みにきているのだ。格好をつけてもしかたがない。

「夕方、お電話をさしあげた者です」

そういわれ、私はにわかに緊張した。ホステスとの他愛ないお喋《しゃべ》りの向こうに押しやられていた、売りこみ電話のことを思いだした。

私はペーパータオルを丸め、男に向きなおった。

「偶然、というのはこれですか」

向かいあっても、男の正体の見当はつかなかった。クラブでは、さまざまな職業の客を見る。いかにも本職のような風体《ふうてい》をしたカタギもいれば、およそサラリーマンにしか見えない広域暴力団の幹部もいる。筋者《すじもの》らしい雰囲気を一番まとっているのは、金貸しやカジノ屋のような、いわばフロントのほうが多い。本職は、意外に静かに飲んでいる。我がもの顔で騒ぐのは、むしろフロントの連中だ。

男はわずかに顔をゆがめた。笑ったのではなく、照れたようだ。

「先生はお顔が売れていらっしゃる。どこかにおられれば、すぐにわかります」

「マノさん、とおっしゃいましたね」

「はい。真実の真に、野原の野です」

「早速、話をしにこられたのですか」

「先生のお邪魔でなければ」

狭い空間で、私と真野はにらみあった。

「残念ですが、このあと編集者が合流することになっていましてね。打ち合わせの用がある。もちろん彼が同席してもいい、というのなら別ですが」

「やめときます」

真野はあっさりといって軽く頭を下げた。店内とつながるドアを開けて、でていく。

私は鏡を向くと、息を吐いた。思ったよりも険《けわ》しい表情の自分が映っていた。四十を過ぎてからは、黙っていると恐そうだ、と人にいわれるようになった。女の子だけではなく、若い新人の編集者にも、初対面のときは恐がられていると感じるときがある。たぶんこんな顔をしているからだろう。

トイレをでて席に戻った。通りかかったマネージャーの高橋《たかはし》を呼びとめた。

「今、俺《おれ》のあとにトイレに入ったお客さん、いたろう」

「え？」

高橋は首を傾《かし》げた。

「どのお客さまですか」

「いたよ」

志乃がいった。

「わたし見てた」

「よくる人か」

私の問いに志乃は首をふった。

「初めて見るお客さま」

「どの方でしょう」

高橋は私のかたわらにかがんだまま、あたりを見回した。「華里」は、カウンター席をはさむように、左右にボックス席が並んでいる。客は双方に二組ずつ入ってい
る。

「いないな」

私はつぶやいた。

「お帰りになったお客さまいる?」

志乃が訊ねた。

「いえ。今日はまだどなたもお帰りになっていませんが」

マネージャーという立場上、店の入口近くにいることの多い高橋がいった。二の腕に鳥肌が立つような不快感が私を襲った。真野は、客としてこの店にいたのではなく、どこからか入りこみ、誰にも気づかれずでていったというのか。

「――いらっしゃいませ」

そのとき、店の入口から声が聞こえ、首をのばした志乃が、

「乗倉さんよ」

といった。

「それ、気持悪いですね」

話を聞いた乗倉がいった。

「ただの売りこみにしちゃ、手がこんでる。くる店を調べるのはまあ、難しくないとしても、わざわざトイレで二人きりになるのを待って声をかけてくるなんて」

「だろ。客としてきていたというのなら、まだわかる。だけど誰も気づいてないんだ。いつのまにか入りこみ、俺のあとを追っかけてトイレにきたんだ」

「なんか恐い」

志乃がいって、ドレスからむきだしの腕をさすった。

「センセイ、大丈夫？　どっかで恨《うら》み買っているのじゃない」

「心当たりはないな。恨む相手なら、お前さんを含めて、ふられた女の子が銀座や六本木にいくらでもいるが」

「馬鹿。でも何をセンセイに書かせたいんだろう」

「それもおかしいですよね。週刊誌じゃ書けなくて、先生なら書ける、といったんでしょう」

　乗倉は首をひねった。

「君は週刊誌にいたから、そういう持ちこみネタはけっこう経験があるだろう」

「そりゃ、いくらでもありますよ」

　乗倉は顎《あご》の下にのばしたヒゲにさわりながらいった。

「芸能人の密会だとか、昔のアイドルが風俗で働いてるとか。大半はガセです」

「政治、経済ネタはどうだ」

「ありますがね、裏をとるのが難しいんですよ。特に政治ものは、テープとか写真とかがあっても、よくできた偽物のときもありますから。結局、罠《わな》にハメようって場合で。それもハメたい本人がもちこむんじゃなく、フリーのライターとかを通してくるんで、相当慎重にかからないと……」

「週刊誌でできないから俺に書け、というのは、その辺かな。裏のとりようのない犯罪ネタか何かで」

「ありえますね」

　乗倉は頷いた。

「警察ややくざに詳しい作品を書かれてますから、読んだ人はかなり取材しているのだろうと思っていますよ。だからそういう話がでてくれば、きっと現実でもこういう事件が起こっているにちがいないと思う」

「起こった事件をモデルにしたことはないぜ。書いたら、似たようなことが起きたっていうのはあるが」

私は苦い顔をした。実際、犯罪小説を書く上で、現実に起こった事件をモデルにしたことは一度もない。

それはプライドの問題ではなく、単にものぐさな性分のせいだ。

小説に描かれる犯罪と、現実に起きる犯罪というのは、基本的にまるで異なる、と私は思っていた。

小説、特に推理小説では、登場人物の行動には論理性が求められる。甘いものを嫌いだと称している人間が作品中でケーキを食べる場面を書くとすれば、その人物に何か大きな心境の変化が起こった、という説明が事前か事後に必要になる。

だが現実では、甘いもの嫌いが、気まぐれでケーキを口にすることはいくらでもある。

目が合った、気に入らないので殺した、という犯罪が現実では起こる。しかし小説で同じことを書こうとすれば、加害者がひどく鬱屈《うっくつ》した精神状態におかれていた、という前おきが必要になる。たまりにたまった怒りが、「たまたま目が合った」という引き金で爆発した、ともっていかなければならない。

弾《はず》みや偶然は、現実世界ではたくさんあるし、いくら起こっても、人は受け入れる。しかし小説世界で起こすとすれば、限られた回数と、起こるべくして起こったという説得が読者に対して必要となる。

登場人物がやたらに交通事故に巻きこまれたり、難病にかかることが許されるのは、犯罪ではなく恋愛を描く作品に限られるだろう。それだって、すぐれた作品にはあまり登場しないが。

現実に起こった事件を犯罪小説のモデルにするときは、かかわった人間たちの心理をシミュレーションしていこう、という目的が作者にある。

不可解な行動によってひき起こされた犯罪は、人を不安にさせる。なぜそんなことをしたのか、表にはでない理由、目的を知って、少しでも理解したいと思うのは人間の本能だ。

しかし現実の事件では、なかなか動機の解明はおこなわれず、警察の取調べ内容も外には洩《も》れてこない。そこで小説家が物語の中で事件を再構築し、かかわった人々の心理状態を読者に追体験させようというわけだ。

　これはこれで、たいへんな作業だ。

現実と重なっているぶん、人物描写には配慮が必要だし、取材も念入りにおこなわなければならない。何より、そこまでやる以上、最後の最後を、思いつきや気まぐれでは逃げられない。登場人物の心境の変化を刻明に描くことが要求される。

およそ取材嫌いの私には向いていないジャンルだった。

「現実にはまだ起こっていないけど、起こっても不思議はない、という事件を書くのが俺のやりかたなんだ。結果として、わりに早く起こっちゃったりすると、『なんだ、あれがモデルなのか』といわれる羽目になる」

「でも何年もたったら、わからなくなっちゃうでしょ」

　志乃がいった。

「そうなんだ。小説はずっと売られているし、出版直後に読まれたのでなければ、事件の知識を先にもっている人は、ああ、あれをモデルにしたのだなと感じて不思議はない」

　私は頷いた。

「でも結局は、おもしろいかどうかですよ。小説は起承転結がきちんと書かれるわけじゃないですか。現実は、起承転、で終わっちゃう。結までいってておもしろければ、読者は評価します」

「君にいわれんでも、わかっとるわい！」

私はわざと大声をだした。乗倉と志乃は目を丸くしたが、すぐに大笑いになった。


三日後、都心のホテルである文学賞の授賞式がおこなわれた。知っている人間が受賞したこともあって、私はでかけていった。

文学賞のパーティは、小説家にとって、ある人間には華やかで心地よいものだし、ある人間には苦々しいものだ。苦々しく感じる人間は出席しないものだが、義理やらつきあいで、いかざるをえない場合がある。

小説家と編集者が顔を合わせるとき、通常は小説家は一名である。編集者はひとりのこともあれば複数のこともあるが、構図としては、会話の対象者はひとりの小説家に絞りこまれるものだ。

だが出版関係のパーティとなると、そうはいかない。複数の小説家と複数の編集者という形になる。ここにはあるていど、ヒエラルキーが生まれる。

大家、ベテラン、売れっ子、注目株の新人、いずれでもない中堅どころ、まるで知られていない新人、さまざまな小説家がいあわせ、それに対する編集者の対応もめまぐるしくかわる。

敬して遠ざけられるベテランもいれば、とにかく食いつき離れまいとされる売れっ子や注目株もいる。寂しいのは、やってはきたものの、そして知っている人間もそれなりにはいるものの、話し相手を見つけられない中堅だろう。

私もいってみればそのひとりで、かつては名刺を手にした編集者が列を成したものだが、近ごろは挨拶《あいさつ》だけで素通りされることが多い。

こうしたときありがたいのは、「文壇バー」と称される銀座の飲み屋の女性たちだ。小説家に呑んべが減った昨今、少しでも客を失うまいと、私の話し相手になってくれる。

二十代でデビューした私は、ほとんどの店の女性たちとつきあいが古く、ある種の戦友意識を感じている。それはつまり、「よくお互い、ここまで消えずにがんばってこられたな」というようなものだ。したがって、話し相手になってくれる女性も、それなりの年齢ではある。

そのうちのひとり、もう四十を半ばすぎたカナという女性と、私は広い会場の隅で話していた。三日前に飲んだ乗倉もいるが、今日は賞の選考委員で超売れっ子の小説家にはりついている。

「どんどんオーラがでてきたな」

私はその男を見やり、いった。千人も入る広い会場にあっても、旬の小説家というのは不思議とそこだけスポットライトが当たっているように目立つものだ。人が集まり、周囲に笑い声が絶えず、華やかな空気をかもしだす。

「デビューに立ちあった人間としては、誇らしいような、自分が情けないような気分だね」

私がつぶやくと、カナは笑った。

「でもセンセイだって、同じようなときがあったじゃない」

「大昔って気がするな」

その小説家がデビューを飾った新人賞の選考委員を十数年前、私はつとめていた。その頃が、私の華やかな時代だったかもしれない。

しかし選考委員と、選考対象となる小説家の関係は微妙である。自分の経験と照らしあわせても、受賞者は実力だと思うし、落選した人間は、あいつに落とされたと恨みをもつ。

俺が選んであげたんだ、などと大きな顔をしようものなら、才能をやっかんでいるなどと思われかねない。

むろん面と向かっては、選んでくれた選考委員に対して敬意を払う。といって卑屈になっても、これはこれで周囲をしらけさせる。

難しいのは、自分を落とした選考委員との対峙だ。この野郎、という顔をするわけにはいかず、といって、次こそはお願いしますとすりよるのも、みっともない。

だがそれも、受賞の有無にかかわりなく、年数を経てくると問題にならなくなる。大家はあまりパーティにでないし、三十年以上やっている私よりベテランの人も、同じようにパーティにこなくなるからだ。したがって過去の私を選考にかけた人と顔を合わせる機会は減っていた。

誰かが私の名を呼んで肩に触れた。真野だった。今日はネクタイをしめている。

「あなたか」

私が向き直ると、カナが離れていく気配があった。潮どきとみたのだろう。営業活動の対象は、私ひとりではない。

「これも偶然ですか」

「いいえ。今日はお見えになるだろう、と思っていました」

真野は満足げにいって微笑《ほほえ》んだ。

「出版関係のお仕事をしておられるのですか」

反射的に訊ね、それはありえないと思い直した。もしそうなら、ネタの持ちこみなどしない。

案の定、真野は首をふった。

「まるでちがいます。私の専門は、コンピューターです」

「縁が遠いですね。私はパソコンもいじりません」

「そのようですね。ホームページで拝見しました」

真野は頷いた。私のホームページは定期的に更新されるが、それは電話で近況を聞いたマネージャーの手による。

「今日は、お時間はいかがです」

会場でふと感じた寂しさも手伝い、私は頷いていた。

「下のティルームでよければ、一時間くらいなら」

真野は一瞬、考える表情になった。ホテルのティルームを嫌がるのは、人に見られたくない種類の人間だ。特に裏社会関係者は、ホテルを警戒する。それだけ利用者が多い証《あかし》でもある。

「席を私に決めさせていただけますか」

真野がいい、私は頷いた。

真野が選んだのは予想通り、ホテルの利用客からは目につきにくい、隅の席だった。吹き抜けとなっている二階へとつながった階段の裏側で、立ち聞きもされにくいボックスだ。

「初めに申しあげておきたいことがあります」

向かいあい、腰をおろすと私はいった。

「これからうかがうお話に対して、いかなる約束も、私はできません。謝礼を払うこともそうですし、聞いた話を作品に使うとも使わないとも、約束できない。可能なのは、誰にも話さないでおく、というくらいです」

「謝礼なんて」

真野は笑った。

「まったく望んでいませんからご心配なく。それに先生は、私の話を聞いたら必ず小説に書きたくなる筈で、そうされたとしても情報提供料だの何だの、さもしいことをいう気は、私にはまったくない。ですから純粋に、私が話をしたいだけだ、と思って下さってかまいません。ここのコーヒー代だって、私に払わせていただきたいくらいです」

私は頷き、真野の顔を見つめた。むやみな真剣さもなければ、からかっているような顔でもない。自然体に思えた。だが唾《つば》をとばして誠実を強調する詐欺師《さぎし》にだまされる者はむしろ少ないだろう。

「先生は、日本の犯罪を描かれる上で、常に未来を見ていらっしゃる。私は作品を読ませていただき、そう感じました」

真野はいった。

「私の何を読んでいただいたのですか」

「そうですね、四十冊くらいですか」

警察官を主人公にした私のシリーズを含め、いくつかの作品を真野は挙げた。四十冊という言葉が本当なら半数に近い。

「特に最近は、日本の犯罪社会の変質を敏感に作品にとりこまれようとしている、と思っています」

「ほめていただくのはありがたいですが、どうぞ一番したい話をして下さい」

私はいった。真野は軽く頷き、一瞬沈黙した。切りだしの言葉を考えているようだ。

「先端的な頭脳集団がいる、と申しあげたらおわかりですか」

「犯罪の世界に、ですか」

真野は頷いた。

「以前お書きになった作品に『先端の技術をいちはやく金儲《かねもう》けにするのが犯罪者だ』という言葉があり、私は、ああわかってらっしゃる、と思ったのです」

私は無言で真野を見つめた。その文には記憶がある。犯罪は常に進化し、法は追いかけて対応する。なぜなら、法で規制されない行為は、そこに被害者がいても犯罪とはいえないからだ。優秀な犯罪者は、法の穴、盲点を捜しだし、金儲けに利用する。科学や技術の進歩を想定せずに決められているのが法律だ。したがって、被害者が看過できないほどの数に達してようやく、法はそれを犯罪とする規制にのりだす。

「犯罪とはいえない犯罪を作りだしている人間たちがいます」

真野は言葉をつづけた。

「彼らは計画をたてるだけです。専門知識をもっています。たとえばインターネット、たとえば金融経済、たとえば外国事情、ロシア、中国、中東。たとえば薬物、宗教、外食産業や風俗。もちろん法律や暴力団にも詳しい」

「それはひとりひとりが別の知識をもっている集団だということですか」

「多少重なりあってはいますが、まあそうです。ロシア事情に詳しい人間が、風俗事情にも詳しい、というのは無理がある。それぞれの情報スペシャリストであり、ただ目的とするところは同じです。金儲けであり、一種の愉快犯でもある。自分たちの立案した犯罪が日本全国に広まり、話題となるのを楽しんでいる」

「集団といわれたが、数はどれくらいです」

「最も頭のいい連中で、そう、八人から十人くらいでしょう。彼らはひとつの組織、たとえば組とかに属しているわけではありません。各自ばらばらの場所、生活をもち、新しい犯罪の創出のときにだけ知恵をあわせる。面と向かいあうわけではありませんよ。インターネット上で議論を戦わせるだけだ」

「つまりシミュレーションをしている、と。こんな犯罪を考えついたがどうだ。いやそれならこうしたほうがいい。材料はあの国からもってきて、人はこういう連中を使うべきだ、とか」

「まさにその通りです」

真野は頷いた。

「それじたいは、まだ犯罪そのものではない。しかし彼らはその計画を売るんです」

「実行する連中に？」

た。

「そう。そして投資する連中にも」
私はわずかに息を吸いこんだ。漠然《ばくぜん》とだが、同じようなことを、ここ数年考えてい
た。

日本の犯罪社会でも二極分化が進みはじめている。

たとえば暴力団。昔からのクスリや売春、みかじめといった、古いシノギに頼っている組と、企業に食いこみ、乗っとりや恐喝、地上げなどで表には見えにくい稼ぎをあげている組がある。古いシノギは摘発されやすく、企業がらみの犯罪は、組員ではないフロントが警察の目をそらす盾《たて》となっているので摘発が難しい。

一方で、「オレオレ」や「振りこめ」といった詐欺は、最初に儲けた連中はいち早く離脱している、という印象があった。司法当局やマスコミなどが被害の拡大に気づき、詐欺グループが何組も逮捕されたが、たいていは後発組で、犯罪のノウハウを誰かから教わったか買って、始めたのではないか。

いってみればババ抜きのようなもので、いずれは逮捕者がでるのを想定しながら、それが自分の番ではないことを願って〝勝ち逃げ〟をもくろんでいる。原初段階でスタートした連中は決してつかまらない。つかまるのは、二匹目どころか、三匹目、四匹目の泥鰌《どじょう》を狙った連中だ。

ひどく頭のきれる、そして知識をもった専門集団がいて、新しい犯罪を考えだしては儲け、そしてそれが社会問題化する前に手を引く。あとはそのノウハウを、それほど賢くない人間たちに渡して、次に向かう。

本当に漠然とではあるが、そんな幽霊のようなグループがいるのではないか、と思い始めていたのだ。

真野の言葉はまさにそれだった。

だが私は興奮を表にださないようにして、質問をした。

「投資というのは何です？」

「文字通り、資金援助です。たとえばまだ違法とされていないが日本にもちこめば当たる、と思われるドラッグがあるとする。それを大量に買いつけ、もってくるには金がかかります。ネットでの新しい詐欺を思いついたとする。サーバやら何やら準備には資金がいる。早い話、足のつかない携帯電話を百台、口座を十、用意するのにだって金がかかる。もちろん実行集団にそれだけの資金力があれば問題はない」

「暴力団のような？」

真野は頷いた。

「頭の悪いやくざは、こういう新しい犯罪には目もくれない。『オレオレ詐欺』だって、マスコミで問題になってようやく、『ありゃ儲かるらしいな。若い者にやらせてみるか』です。しかしふだんから、株の仕手やら闇金を通しての会社乗っとりにかかわっているやくざはちがいます。計画を聞くだけで、儲かる儲からない、それに安全にやれる期間がどのくらいかの判断がつく。『一年限定でやってみるか』てなものです。自分たちが手を染める場合もあれば、傘下《さんか》のもう少し頭の悪い連中に現場を任せる、というやりかたもある」

「計画集団は、本当に計画だけなのですか」

「今はそうでしょう。以前はちがったと思いますよ。もともとは、マルチや詐欺商法で儲けた連中がいて、中につかまったり消されたりして脱落する者があらわれ、生き残った人間に、今度は新たな知識をもったのが加わった。中国の黒社会やロシアマフィアに詳しい人間、あるいはバブル崩壊を生きのびた株や土地の専門家、法律の裏の裏まで知りつくした人間。インターネットがなければ、こういう連中は、それぞれの居場所でこっそりやっていた筈です」

「インターネットがなければ集まることになる。集まれば、誰かがパクられると芋づるですね」

私はいった。

「そういうことです」

「話を整理しましょう。まず新しい犯罪、犯罪とはまだいえないようなぎりぎりの金儲けの計画を創出する集団がいる。ただしこれは確固たる組織として存在するわけではなく、インターネットの中でのみ存在している幽霊のようなグループだ。そしてその集団のたてた計画を実行する集団がいる。こちらは実行犯だからプロの犯罪者で、暴力団も含まれる。さらにそれをひとつの事業と見なして資金援助し、投資を回収、利益を得ようとする集団がいる」

「その通り。この投資集団は必ずしも裏社会ばかりとは限りません。金融機関の投資マネーがめぐりめぐってそこに流れこむこともある」

「真野さんが私に話されたかったのは、この計画集団のことですか」

真野は頷いた。

「今この瞬間にも、ネット上で彼らは集合、離散をくりかえし、互いの知識をもちよってはディスカッションし、新しい犯罪のネタを考えています。もちろんその議論の場を、第三者がのぞくのは不可能ですし、かりにのぞいても、極端に符牒《ふちょうか》化された専門用語のやりとりがあるだけで何が何だかわからないでしょうな」

「報酬《ほうしゅう》は、どうやって受けとるのです？　銀行口座をつかえば足がつくでしょう」

「日本国内なら」

私は合点《がてん》した。外国の銀行口座をつかえば追及は難しい。マネーロンダリングの禁止を目的とした、金融機関への締めつけは厳しくなってきているが、こういう頭脳をもった連中ならいくらでも逃げ道がある筈だ。

「表向きはどんな生活をしているんです」

「さあ。投資家のふりをしたり、まあ、実際に投資もしているのでしょうが。家賃収入で暮らしているとか、あるいは経営コンサルタントや大学で教鞭《きょうべん》をとっている、なんて人もいるかもしれない」

私は頷いた。大学で教鞭、というのはかなり具体的な表現だ。おそらく実際にいるのだろうが、それに気づいたことは黙っていたほうがいいと思った。

「この幽霊について私に小説にしろ、とおっしゃるのですか」

「先生ならお書きになれる」

私は真野を見つめた。

「その結果、何が起きます？」

「さあ」

真野は首をふった。

「おそらく、彼らのうちの誰かは気づくでしょう。そのことが広まれば、逃げだす者もいるかもしれません」

「真野さんの目的は何です」

「何だと思われます？」

私は煙草《たばこ》に火をつけた。一本を灰にし、二本目に火をつけたところで口を開いた。

「名前はだしませんが、ある組織の大幹部が、私の熱心な読者だという噂《うわさ》を聞いたことがあります。その人物は、刑務所で私の本を知り、ファンになった。以来、しゃばにでてからも私の本を買いつづけているらしい。もし、今のお話を私が作品にとりいれたら、おそらくその人物の目にも触れるでしょう。彼の所属する組織が、投資集団か、実行集団に含まれていた場合、その意思決定に何らかの影響がでることは考えられます」

真野の目が一瞬、ひどく鋭くなった。だが口では、

「ほう。そんなことがあるのですか」

とだけ、答えた。私はいった。

「幽霊がいる、と書くのは、小説家の自由です。しかし実際に幽霊と取引のある人間にとって、幽霊を描いた小説が世にでることは、好ましくない。小説家ですら知って

いるのか、ということになりかねない。それがどういう方面にどう影響するかは、小説家にはあずかり知らぬことですが」

真野は口もとだけで微笑んだ。

「幽霊の話、おもしろければそれだけで結構です。私が何者で、何のために先生にお話ししたのかは、先生のほうがおもしろいストーリーをお考えになれるでしょう」

「おもしろかったですよ、確かに。書かずにいるのが惜しい、と思うくらいに」

真野は両手をわずかに広げた。

「楽しみです。それでは――」

立ちあがった。伝票をつかんでいる。

「先生はもう少し、この席にいらして下さい。場所が場所ですので。将来、先生のお作品を読んで一引く一はゼロ、と考える人間がいるかもしれない。その場合、私もゼロにされてしまう」

静かに歩き去った。

私は息を吐きだした。長いこと息を止めていたような気分だった。

あたりを見回した。いくつかの視線とぶつかった。たまたまこちらに目を向けていたのか、それとも私を見ていたのか。

不意に階上の人混みが恋しくなった。

カモ

約半年ぶりに連絡をしてきたというのに、倉橋《くらはし》の口調は例によってそっけなかった。

「――よう、何してる」

火曜の夕方、五時過ぎだった。私はコードレスホンの送話口に思いきりため息を吐きかけてやった。

「仕事に決まってんだろう。身分が違うんだよ」

「お偉い先生になったらもう少し優雅にやっているかと思ったがな」

「馬鹿いうんじゃない。お偉いってことはこき使われるってのと同義語なんだよ」

「おっ、じゃお偉いって自覚してるのか」

「してるわけねえだろ！　どうしたんだよ」

二十年以上のつきあいだ。どうしても喋《しゃべ》り方が荒っぽくなる。

「たいした用はねえ。飯でも食わないかと思ってさ」

「珍しいな。同伴も飽きたか」

テリトリーがちがうので出くわしたことはないが、銀座か六本木に夜な夜なでかけているのは知っている。

いいながら私は書きかけの原稿用紙をめくった。とりあえず、あと四枚書けば、今日締切りの週刊誌はあがる。お次は週末にくる月刊誌の締切りだが、水、木、金曜の午前中を使えば、四十枚は何とかなるだろう。

「一時間待てるか」

「いいぜ、どうせ外はまだ明るい」

「どこいく？」

「たまには昔を思いだして神楽坂《かぐらざか》ってのはどうだ」

倉橋はいった。

「神楽坂？　渋いな、ずいぶん」

「元芸者のおっ母《か》さんと娘がやってる店があるんだ。食いもんもまともだ」

「わかった。じゃあそこにそうだな……七時」

「地図をファックスで送る」

「オーケー」

電話を切り、ペンを握り直してふと思った。

昔を思いだして神楽坂――あいつと神楽坂で遊んだことなんてあっただろうか。

倉橋と知りあったのは大学時代だった。互いに通っている学校はちがったが、女を漁《あさ》りにいく店が同じだった。ディスコ、パブ、喫茶店。いつのまにか顔見知りになっていた。

そうだ、神楽坂は麻雀荘《ジャンそう》だ。

「麻雀やる？　お前」

ナンパをしようにも、ろくな女にめぐりあえなかった、七月の最悪の土曜日、喫茶店のカウンターで訊《き》かれた。あの年の梅雨《つゆ》明けは早く、気のきいた女はとっくに、海か山へいってしまっていた。私自身も、八月になったら、同じ大学の仲間たちとともに軽井沢へいくことになっていた。

「やるぜ、もちろん」

私は答えた。実際、街でナンパに励んでいない日は、麻雀で徹夜をしていた。そのかいあって、一年半後、めでたく大学をクビになったが。

「いくらで打ってんだ」

仲間は大学生のわりにはレートが高かった。それぞれ、かじりがいのあるスネを親がもってくれていたおかげだ。

「五の五《ごつ》、十《とお》か、ヒラ十《ピン》だ」

いうと、倉橋は馬鹿にしたように鼻を鳴らした。

「安いレートだな」

少しむっとした。大学生どうしなのだ、そんな馬鹿高いレートで打てるわけがない。

「じゃ、いくらで打ってんだ」

「ふつうで十《ピン》の一《ワン》、二《ツウ》、裏ドラ一発チップあり、なけりゃ十《ピン》の一《ワン》、三《スリー》」

十の一、三で、ハコテンドベをくらうと六千円——大学生でなくとも小さくないレートだと思った。なにせラブホテルが泊まりで三千五百円の時代だ。煙草がひと箱百五十円だった。

「学校の連中とか？」

「わけ、ねえだろ。麻雀荘にくる奴《やつ》らだよ。タクシーの運転手とかさ」

それを聞き、一瞬、ひいた。学生どうしでの麻雀はさんざんやったが、知らない大人との麻雀はまだその頃経験がなかった。そういう世界に出入りして博打《ばくち》を打っている倉橋が急に大人びて見えたものだ。

「女も腐ってんのしかいねえし、いってみるか」

そういわれ、つかのま逡巡《しゅんじゅん》した。だがびびったと思われるのが嫌だった。この世で最大の屈辱が、ファッションを馬鹿にされることと根性なしだと思われることだと考えていた年頃だ。

財布の中に、もらったばかりのこづかいが三万円入っていた。

「いくよ」

倉橋の車に乗って、神楽坂にいった。倉橋が私を連れていったのは、中華料理屋の二階にある「対々荘《トイトイ》」という店だった。客の大半は四十以上のオヤジだった。雀卓のかたわらに雀代を集めるための空き缶があり、千円札が無雑作に押しこまれていた。

もうもうと煙った店内は、半分近い卓が埋まって、牌《パイ》を叩《たた》く音、洗牌する音、罵《のの》り、ぼやき、叫びがうずまいていた。その野卑な雰囲気に、倉橋につづいて一歩足を踏み入れたとたん後悔した。

ネクタイをゆるめ、ワイシャツの袖《そで》をまくりあげた四十くらいの男がいちばん手前の卓にいて、倉橋を認めた。

「なんだよ苦学生、またきたのかよ」

「どうもー」

薄笑いを浮かべ、倉橋は調子のいい挨拶をした。

「たまんねえよな」

吐きだしながら、男は私にも鋭い一瞥《いちべつ》をくれ、牌をツモって叩いた。

「カジるスネは親だけにしてくれっつうんだよ！　ガキにむしられる筋合いはねえっつうの、どうだぁ！」

「ロン！　タンヤオ、ドラドラ」

牌が倒された。

「くそったれがぁ」

男は頭をかきむしった。ちょうどオオラスだった。点棒箱がひき抜かれた。

男は椅子《いす》の背にかけていた臙脂《えんじ》のブレザーからむきだしの現金を抜きだし、崩れた牌の山に投げつけた。そのブレザーに「××交通」というタクシー会社の名が入っているのを、私はぼんやりと見つめた。

「やめだ、やめ。ゲンが悪いや」

男は立ちあがった。

「仕事に精だしな」

トップをとったらしい禿頭《はげあたま》の男が金をかき集め、かたわらの空き缶に千円札をつっこみながらいった。

「うるせ！」

禿頭の手には、三種類もの指輪がはめられていた。着ているのは趣味の悪いガラのスポーツシャツだ。残りの二人も、いかにもマトモなサラリーマンには見えないタイプの男たちだった。

タクシー会社のブレザーを着た男は、何の挨拶もなく、麻雀荘をでていった。禿頭が私たちを見あげた。

「ひとり空《あ》いたぜ、やんのか」

倉橋が私を見やり、いけ、というように顎をしゃくった。私は息を吸い頷いた。椅子にすわり、点棒を集めながら訊ねた。

「ルールは？」

「ありありだよ。オープンリーチだけなし。十の一、三。半荘《ハンチャン》キャッシュ、雀代はトップ払いの千円」

倉橋がいった。

「二万五千もちの三万返し。学生だろ、あんたも」

禿頭がつづき、私は頷いた。

「じゃ、うめえや。むしられっぞお」

禿頭はあとの二人を見て、にやっと笑った。牌を集めて裏返しだす。

「学校どこだい」

黙っていた目つきの鋭い痩《や》せた男が訊ねた。濃いブルーのペンシルストライプのスーツを着ている。とてもカタギとは思えなかった。

私は答えた。男はふっと笑い、

「じゃ後輩だ」

とつぶやいた。

「本当ですか？」

私は思わず嬉《うれ》しくなって訊ねた。禿頭が怒鳴《どな》った。

「嘘に決まってんだろ！　このしゃぶ中が」

その一発で、私は完全にびびった。最初の山を積むとき、指先が震えた。それを知ってか知らずか、倉橋はうしろの方の空いた卓にすわり、煙草を吹かしていた。

結局その晩、私はもっていたこづかいの大半を失った。半荘を五回か六回やったのだが、トップは一度もとれず、二位が一回で、あとは三位かラスだった。

倉橋は、空きのでた卓で打った。午前四時頃、パンクを宣言して私は卓を離れた。本当はあと半荘一回くらいは打てそうな金が残っていたのだが、もし大負けして払えなくなったときのことを考えると恐かった。

今から考えれば、彼らの大半は、せいぜい町の不動産屋か中古車屋といったあたりで、本当に危険な稼業についていた者は少なかったろう。が、そのときは、世にも恐しげな男たちに見えた。

先に帰る、と声をかけると、倉橋は、

「わかった、じゃあな」

自分の牌を見つめたまま、そっけなく答えただけだった。私も彼も、ナンパのためにめかしこんでいた。が、私が自分をその場でひどく浮いた存在に感じたのに比べ、倉橋はすっかり溶けこんでいるように見えた。

麻雀荘をでて、始発の地下鉄に乗りこんだとき、まるで魔界から生還したかのように私はほっとしたことを覚えている。そして、同じ大学生でありながら、田舎《いなか》からひとりでてきて、独力で車を買い、こうして大人に混じって麻雀を打つ倉橋とでは、まったく別種の人間だと感じた。

それはある種、尊敬の念に近いとさえ、いえた。

その後も、倉橋に誘われ、私は何度か、「対々荘」に足を運んだ。最初に感じたような恐怖はじょじょに薄れていったが、勝負の方は、おおむね負けがつづいた。結局のところ、私は麻雀をゲームと思っていたし、彼らは金だと考えていた。そこを根城《ねじろ》にするタクシーの運転手たちは、仕事にでず、車を外においたまま打ちつづけ、勝てばノルマぶんの金を会社に入れ、負けたときには、その金額を麻雀荘から借りて利子も払うのだった。

やがて仕事が終わって麻雀荘に直行し、打ちつづけてまた仕事にでて、途中サボって打ちつづけ、という運転手のひとりが事故で死んだ。そのことを知ったのも麻雀荘だった。

喪服を着てやってきた客に教えられたのだ。

——馬鹿だよな、馬鹿。

その運転手について、常連客がいった言葉はそれだけだった。負けても馬鹿、死ねばもっと馬鹿、勝ち逃げする奴だけが利口、というわけだ。

私が大学をクビになると、多くの友人たちは離れていった。クビになるようなダサい野郎とは友だちでいたくねえ――そううそぶいた奴もいた。

倉橋はちがった。学校が別だったこともあって、つきあい方は変化しなかった。

ただ私が、かわった。かつてのように大学生というブランドがナンパに使えなくなり、それまでの自分がやってきたことの馬鹿馬鹿しさを思い知った。

子供の頃からの「真面目《まじめ》な」夢を、私は思いだした。

小説家になりたい。

私は売れるあてのない小説を書き始めた。そして書き始めて少ししてから気づいた。

私が題材にできるのは、まったくの空想でない限りは、それまでの数年間に積み重ねてきた馬鹿騒ぎの体験しかないことを。

皮肉な話だった。

その数年後、私は新人賞を受賞してデビューした。

小さな雑誌の新人賞だった。新聞には一行ていどの記事がでたかどうかだろう。大学時代の遊び友だちとは、もう誰ひとりつきあっていなかった。私は麻雀もしなかったし、車も売っていた。当然ながらナンパからはすっかり足を洗っていた。

だが倉橋は電話をしてきた。新聞を見たのだといった。

「お祝いしようぜ」

久しぶりに私は盛り場にでていった。六本木で待ちあわせ、スーツを着た倉橋に会った。長髪で、いかにも業界人風だった。レコード会社の名刺をくれた。まだ入社して一年足らずだといった。

「『対々荘』、いってるのか」

私は懐《なつか》しくて、訊ねた。倉橋はふきだしていったものだ。

「とっくに潰《つぶ》れたぜ。麻雀やってんのか、まだ」

「いいや」

私は苦笑いして、首をふった。

「どうやら俺《おれ》には博才があまりないらしい」

倉橋はにやっと笑った。

「そいつは最初からわかってた。だがいえば怒るだろうし――」

「だ、だろうし？」

いたずらっ子のような目で私を見た。

「いいカモだったから離したくなかった」

「この野郎」

怒る気にもなれず、私は笑った。

「いいじゃないか。小せえ博打には負けたけど、人生の博打には勝ったろう。なりたかったのだろ、小説家に」

「まだ勝ったわけじゃない」

私は首をふった。

「せいぜい、雀荘に入れるタネ銭ができて、卓につかせてもらったってあたりさ。勝ち負けはこれからだ」

「お前は勝つよ」

倉橋はいってくれた。

「きっと勝つ。何だか、そんな気がするんだ」


やがて風の便りに、倉橋がレコード会社を辞めたと聞いた。そしてかなり怪しげな、マルチ商法まがいの会社に入り、羽振りよくやっている、という噂を聞いた。その頃、呼びだされ、会うと、ＢＭＷを乗り回していて、銀座の高級クラブに連れていかれた。二十代の若さで、クラブをハシゴし、ホステスや店の連中には、「専務、専務」とおだてられていた。

私がたとえミステリ作家でなくとも、倉橋がいるのが「塀の上」であるのはわかることだった。転げ落ちる先が塀の内側なら、それきりだ。外側でも、軟着陸はできそうもないように見えた。

何軒かを回り、最後の店で倉橋は、とびきりの美人を連れだした。

「結婚しようと思ってんだ、こいつと」

腰に両手を回して抱きつくホステスをさし、倉橋は嬉しそうにいった。確かに美人だったが、私の「勘」は、女を曲者《くせもの》だと教えていた。このテの顔は、すぐに相手を乗りかえるタイプだと。

だが私は何もいわず、頷いた。

「きてくれよな、結婚式に」

「もちろんさ」

半年後、盛大な結婚式と披露宴が一流ホテルで催され、久しぶりにタキシードをひっぱりだした私は出席した。学生時代の友人は私ひとりだった。

そして一年後、倉橋は会社をまた辞めた。

会って飲み、

「辞めたよ」

といわれ、

「よかったじゃないか」

と私はいったものだ。私の方はあいかわらず作家だったが、だしつづけても、本は一向に売れず、一生このままだろうと、半ばあきらめていた。とはいえ、食べていけるくらいの収入はあった。

「結婚もやめる羽目になりそうだ」

バーカウンターにグラスの底で濡れた模様を描き、倉橋はいった。

「そうか」

よかったな、とは口にださなかった。

「金の好きな女でさ。というより、金をつかうのが好き、か」

子供はいない。

「いい勉強だ」

私は笑った。倉橋も笑った。

「かもしれん」

それから三年ほど、音信不通がつづいた。私の結婚式の招待状は「宛先人住所不明」で戻ってきた。二年前、突然、連絡があった。今度は、コンピューターのソフト開発会社の経営者になっていた。そこで作ったというソフトの名を、私ですらが知っていた。

「しばらくドツボだったけどな、復活したぜ」

「今度はマトモか」

私がいうと、にやりと笑った。

「お前、自分の商売をマトモだと思うか」

「わけがないだろう」

私は怒ったようにいってやった。ようやく本が売れ始めていた。

「じゃあ俺もそうさ。ただし今度の会社の商品は、前のときとはちがう。形があるし、人をだまして金をひいてるわけじゃない」

こうして私と倉橋のつきあいも復活した。離婚をしたあと、倉橋はずっと独身だった。しかし広尾《ひろお》の高級マンションに住み、ジャガーを乗り回し、通いのハウスキーパーを雇う身分になっていた。会社の内容は、以前の仕事に比べればはるかに堅実で、バブル時代にも、不動産投資などはせず、きっちりとした経営をおこなっていた。

思いだしたように倉橋は連絡をよこし、私たちは待ちあわせて飲んだ。本が売れるにつれ、私は、かつての倉橋が私を連れていってくれたような銀座や六本木のクラブに出入りするようになっていた。

互いに通う店の情報を交換しあい、自分の縄張りで奢りあった。倉橋は立派な「億万長者」で、奢られることにもう、さほど抵抗は感じなかった。

やがて私は、ある文学賞を受賞した。何十という花の鉢が祝いに贈られてきたが、いちばん巨大な鉢植えが倉橋の贈ってくれたものだった。授賞式の招待状を送ったが、「海外出張のため欠席」という返事がかえってきた。

倉橋が指定した店は、畳敷きの掘りゴタツにカウンターを配した、小粋な構えの割《かっ》烹《ぽう》だった。品のよい女将《おかみ》と、年のわりに着物を着こなした娘の二人がやっている。食事は、奥に板前が三人いて「お任せ」でだしてくるのだった。

「有名人になると、格好に気をつかわなくなるのかよ」

トレーナーにチノパンという格好で私が店のノレンをくぐると、ダブルのスーツを着た倉橋がからかった。

ひとまわり胴が太くなり、髪の三分の一に白髪《しらが》を数えるようになっても、いたずらっ子のような目つきはかわらない。

「気をつかわなくていい相手と飲む機会が減るだけさ。そういう機会は大事にしたいんだ」

私はいって、ビールで乾杯した。

「よく焼けてるな。ゴルフか」

倉橋は訊ねた。

「半分な。半分は釣りだ」

「優雅じゃねえか」

「世間の人にはそう思ってもらおうという涙ぐましい努力だよ」

倉橋はゴルフも釣りもテニスもやらない。今でもときおり、麻雀だけは若い社員とやっているらしい。

「麻雀は？」

「全然だな」

私は首をふった。

「仕事がすわりっぱなしだからな。遊びでもすわりたくない」

「じゃ銀座はどうなんだ？　六本木は」

「あれは別さ」

「あとで寝っころがれるからだろう、ふたりで」

「お前とはちがうぞ」

「嘘をつけ。『スプリット』の舞子《まいこ》が泣きベソかいてたぞ。『センセーこの頃、ちっともきてくれない』って。『お前、やらせたんだろう。だからこないんだよ』っていったらまっ赤になってた」

「よせよ。あらぬ疑いって奴だ。そっちの方こそどうなんだ」

倉橋は一瞬の間をおいた。何か話したいことがあるのだ、私は悟った。ビールから切りかえていた冷酒のグラスをおき、にやっと笑った。

「おかしい話がある」

私も一瞬の間をおいた。そしてとぼけた目で倉橋を見やり、いってやった。

「書いていいか」

「これだよ。何でも飯の種にしようってのは、さもしい根性だぞ」

「このところ脳ミソが乾き気味でね」

「お前なら大丈夫だ。いったろう、大昔に」

「感謝してるよ。その言葉だけが支えだったんだ。で?」

先を促した。

「うん」

倉橋はいってグラスを口に運び、ふふふと思いだし笑いをした。

「気持悪い奴だ」

「──ある子にな、賭《か》けを申しこまれたんだよ」

「賭け？　百万円と一発を賭けようってのか」

倉橋は舌打ちした。

「想像力のない奴だな。よくそれで賞なんかとれたもんだ」

「出会い頭って奴だ。それで？」

「うん。コトの起りはな──」

倉橋は話し始めた。

いきつけの店にいったときのことだった。見慣れない、しかしとびきりの女が席についた。無口だが、気配りができていて、ちょっとした仕草に演出でない色気が漂う。新人かと訊ねると、知りあいがその店にいて、短期間のヘルプのみできた、と答えた。

「名前は」

「カズキだ。二十四歳で、男みたいな名だが、本物の女だ。オカマじゃない」

「もう試したのか」

「まあ聞けや。店がちょうど暇だったせいもあって、ゲームをやろうって話になっちまった。俺はそういうバブルくせえのは嫌いだからっていったんだが、成り行き上な、やらざるをえなくなった」

「どんなゲームだ。ジャンケンゲームか」

「その類似品だ。コースターを使う奴さ」

倉橋は説明した。まずゲームに参加する人間が（二人では少ない。四人から五人が適当だ）、コースターを裏返してグラスの上にのせる。そして全員でジャンケンをする。勝敗が決まった時点で、負けた人間は、ひとりでもふたりでも、コースターを表に返す。そしてまたジャンケンをする。ひとりだけが負ける場合もあるだろうが、ひとりだけが勝つときもある。とにかく負けた人間は、裏から表、表から裏に、コースターをひっくり返しつづける。

そしてあるとき、たったひとりだけが、他の全員とちがう側を向けている結果がでる。その人間が負けである。もちろん最初のジャンケンでひとり負けをしたり、ひとり勝ちをしてもそうなる。だがなかなかそうはいかないし、単純に勝った負けたではないところで結果がでるのがおもしろい。

「負けた人間が一気飲みか」

「そう」

倉橋は頷いた。

「だいぶ昔にもお座敷ではやりましたわ、それ」

女将が口を開いた。

「そうらしいね。だが予測がつかないんで、ついアツくなる」

「お若いこと」

「それでベロベロか」

「いやいや。そこまではやらんよ。ただそれがきっかけでギャンブルの話になった。カジノバーとかにはまっている連中が多いんだ、最近のホステスは」

「説教したとか」

倉橋は苦笑して首をふった。

「そんなオヤジみてえなこと、するかよ。ただ、少し昔話をした」

「オヤジじゃないか。何の昔話だ。『対々荘』か」

「思いだしたか」

倉橋は嬉しそうに笑った。

「さっき見てきた。ビルごとなくなってたな」

私はいった。

「ああ。あそこの親父《おやじ》も売られちまったって噂だ」

「男を売ってどうするんだ」

「運び屋だよ、ドラッグの。使い捨てなんだ」

「詳しいな」

「俺が三年ばかり、行方《ゆくえ》不明になっていた時期があっただろう」

前おきして、倉橋は煙草に火をつけた。

「やっていたのか」

「ああ。それと博打だ」

「どんな」

「ありとあらゆるもんだ。麻雀、ポーカー、手本引き、競輪、オート……。丁半もやった」

私はゆっくりとビールを空けた。確かに博才は私よりはあるだろう。だが、

「よく足が洗えたな」

「金持になったからさ」

「どういう意味だ？」

倉橋は他の客をちらりと見やり、いった。

「俺にとっては結局、ギャンブルは金だってことに気づいたのさ。財布の中に一万円あったら、一万円の博打がしたい。千円で片のつく博打は嫌なのさ。百万あれば百万だ。要するに、この銭がなくなったらヤバい、そう思える額じゃなけりゃひりひりしない。ひりひりしなけりゃやっても楽しくない」

「社員とやる麻雀は？」

「負けるためにやっているようなもんだ。特別ボーナスってわけさ」

「今だったらいくらでひりひりする？」

「とりあえず、ひと晩で一億か」

真顔になって倉橋はいった。私は首をふった。

「そんな博打が日本にあるかよ。あるとすりゃ、カタギのものじゃない」

「ああそうだ。本職の博打打ちの博打さ。だから近づかない。本職には勝てっこないからな」

「それを飲み屋でいったのか」

「ああ。要するに、俺は本物の博打好きじゃない、という風にな」

「かもしれんな。本物なら、たとえ百円でもアツくなる」

「そしたら翌日な、カズキから電話があった」

「その美形か」

そうだ、と答えて、倉橋は話し始めた。

最初にカズキは奇妙なことを訊ねた。昨夜、何かの拍子に倉橋さんは自分の血液型をA型だといったが、それは本当かと念を押したのだ。

「そうだが」

倉橋は答えた。

「今晩、飲みません？」

カズキは誘った。いきなりの誘いに倉橋は驚いたが、そういうこともあるだろうと思った。

「いいけど、店の終わったあとかい」

「いいえ。もう、わたしきのうであがりだったんです。わたしの知っている店がありますからそこでどうでしょう」

一瞬、ヤバい筋《スジ》かと倉橋は思った。だがまだ別に何をした、というわけではない。いくら何でも酒場でいっしょにいたくらいで美人局《つつもたせ》はできない。まして倉橋は独身なのだ。

指定されたのは、渋谷の道玄坂の中腹にある、小さなカウンターバーだった。年季の入った造りで、カウンターの中に落ちついた初老のバーテンダーがひとりだけいた。倉橋が訪ねていくと、そのカウンターにカズキはひとりですわっていて、他に客はいなかった。

店ではない場所で会ってみると、カズキは洋服のセンスもよく、確かにそこいらの若いホステスとはまるでちがっていた。色っぽいというより、むしろ清楚な印象すら受ける。

しばらくとりとめのない世間話をしていたが、カズキがずばりと訊ねた。

「倉橋さんは、わたしを抱きたい？」

金か、とそのとき倉橋は思った。もし金を求められるならこの女にいくらだすだろう。すばやく胸算用した。百万なら安い、と思った。

「そうだな。きのうの今日だから何ともいえないが、会う回数が重なれば、たぶん抱きたくなるだろう」

カズキは頷いた。

「わたしも倉橋さんに抱かれたい」

倉橋はさりげなくバーテンダーをうかがった。

「意味がわからないな」

倉橋はいった。

「それが賭けなの。倉橋さんとわたしはこれからセックスする。もしわたしが妊娠しなければ、あなたの勝ち。妊娠したらあなたの負け」

「負けるとどうなるんだ？」

「結婚してなんていわない。認知してくれたら嬉しいけど、してくれなくともかまわない。ただし、わたしたち親子の面倒を、あなたが生きているあいだはみてほしい」

倉橋はつかのま考えた。たとえ妊娠しても、それが絶対に倉橋の子である、という確証はない。もちろんＤＮＡ鑑定などをおこなえば別だが。

同時にカズキにしても、産まされっぱなしで、倉橋に逃げられる可能性もある。

それを訊ねた。カズキは平然と答えた。

「必要なら、どんな鑑定でもうけるわ。それにあなたが逃げるかどうかは、わたしにとってもこれは賭けなのだから、そういうリスクがあってもしかたないことでしょ。でも倉橋さんが、自分の血の流れている子供を、平然とほっておく人だとは、わたしは思わない」

倉橋は頷いた。カズキは目を輝かせて微笑んだ。

「ひりひりしない額の賭けはつまらないって、倉橋さんはいったでしょう。こういうのはどう？」

「確かにひりひりするな」

疑えばきりがない。だが仮りに子供ができてしまったとしても、独身の自分にとってはさしたる問題ではない。認知すらしなくていいといっているのだ。せいぜいが養育費だろうが、生きているあいだに一億を払ったとしても、社員がひとり増えたと思えばすむ。それくらいの裁量はなんとでもなる。

それに何より、こういう「賭け」を申しこんでくるカズキという女に強く興味を惹《ひ》かれた。ただ美しいだけでなく、世の中を他人とはちがう目で見ているような魅力がある。

「で、いったのか」

私は訊ねた。

「ああ」

倉橋はおかしさをこらえるように頷いて、冷酒を口に含んだ。

「いい女だった。あれにはきっちりと仕込んだ男がいたと思うね」

倉橋がこれほど女をほめるのは珍しいことだった。

「あとをひくくらいか？」

「そうだ」

私の目を見て頷いた。

「セックスして感じだすと、顔が醜くなる女ってのがいる。たとえふだんがどんな美人でも、俺はそういう女は駄目だ。カズキはきれいな顔をしていたよ。そういう趣味はないが、初めて、この顔を写真に撮っておきたいと思ったね」

「よほどだな。で？　まさか、結婚式の招待状をここでだすのじゃないだろうな」

倉橋は苦笑して首をふった。

「むしろそうなってもいいと思ったくらいだがな。それが二ヵ月前の話なんだ。今日、ひさしぶりにカズキから電話があった。『賭けはあなたの勝ちだったわ』とな。俺はもう一度賭けないかといってみた。だがノーサンキューだとさ」

「つまりふられたわけだ」

私は微笑んでいった。

「ああ。ヤケ酒だ」

「おかしい話だ。確かに」

倉橋があまりに憐《あわ》れっぽいので、思わず私は笑いだしていた。

その晩は痛飲した。が、妙に倉橋にはいつもの生彩がなかった。

「飽きちまったみたいだ、夜遊びにも……」

夜明け頃、ホステスらと六本木のサパークラブをでてくると、倉橋はつぶやいた。

そして私にいった。

「ゴルフでも始めるか」

私はにっこり笑って答えた。

「カモはいつでも大歓迎だ」

半年がたった。倉橋は本気でゴルフを始める気だったようだ。クラブを買い、練習場で個人レッスンをうけている、という電話をもらった。私は、デビュー戦のセッティングは任せろといった。

そしてそれからひと月後、彼と私はゴルフ場にでかけた。そこは私のホームコースで、客の少ない平日を狙い、うしろに他のプレーヤーが入らない遅い時間帯をスタート時刻にセットしたのだ。

さすがにその日は握らなかった。練習に打ちこんだというだけあって、筆おろしにしてはかなり優秀なスコアで倉橋は回った。私は、十ラウンドまでは握らないで回ってやる、といった。コースプレイが十一回めに入ったら、ハンディを決め、むしりとる。といってもゴルフには三十六以上のハンディキャップはないから、しばらくは授業料のつもりで我慢して払え、と告げた。

ゴルフ場へは、私の運転する車でいった。筆おろしの日はへとへとになる。帰り道の運転を倉橋にさせたくなかったのだ。

広尾の、彼の住むマンションまで送っていく途中だった。外苑西《がいえんにし》通りに面した高級スーパーマーケットの前を通りかかった。疲れからか、助手席にすわっても言葉少なだった倉橋が突然、身を固くした。

「ちょっと――」

目をみひらいて前方から左を凝視した。

「どうした」

私はスピードを落とした。ちょうどスーパーの駐車場の前だった。このあたりのざあます族のひいきで、駐車場は彼女たちのベンツやらＢＭＷで埋まっている。

「あれ、あのロールス！」

倉橋は叫んだ。シルバーメタリックのロールスロイスが駐車場にあった。運転手と覚しい、初老のスーツ姿の男が後部席のドアを開け、そこに女が乗りこもうとしている。マタニティドレスを着た、若い女だった。

目の前の信号が赤になった。私は車を止めた。

「参ったな」

倉橋は背中をシートに埋めていった。

運転手は後部席のドアを閉め、運転席に回った。スーパーの常連らしいことは、駐車場の係員のうやうやしい誘導のしかたでわかった。

「カズキだよ」

倉橋は呻《うめ》くようにいった。

「腹がでかかったようだな」

私は二台うしろについたロールスをルームミラーで見やっていった。

「ああ。しかも運転手は、あの渋谷のバーのバーテンダーだ」

「つまり身内ってわけか？」

倉橋はぼんやりと前方に目を向け、つぶやいた。

「あの、ロールス、見たことがあるぜ。うちのマンションの近くの屋敷で……」

「調べてみたらどうだ」

倉橋は頷いた。大きなショックを受けたようだ。目が、虚《うつ》ろになっていた。

一週間後、電話がかかってきた。

「調べたよ。やはりそうだった。ノンバンク系の金貸しをやっている大金持の爺《じじ》いのところの車だ。前妻と死に別れて、七ヵ月前に後妻をもらったそうだ」

「血液型は？」

私は訊ねた。ちょうど血液型にからんだミステリを書いていた。

「何だって？」

「その爺いの血液型さ」

「わからん。カズキはB型だといっていた」

「では君によい知らせだ。両親がそれぞれA型とB型であった場合、生まれてくる子供に否定される血液型はない」

「どういう意味だ？」

「たぶんその爺さんもA型だってことさ」

「そいつはつまり……」

倉橋は口ごもった。

「お腹《なか》の子は君の子かもしれん。要は、彼女が勝つ相手を選んだ、というだけのことだ」

倉橋はため息をついた。

「じゃ、俺は何だったんだ」

「決まってるだろう、カモさ。ただしもっと太ったカモが他にいたってわけだ」

罵り声が聞こえた。

確認

外苑東通りを六本木交差点から乃木坂《のぎざか》方面に向かって、最初の信号を右折すると、片側一車線の道がある。右折した左側はミッドタウンの広大な敷地となっていて、右側には飲食店の入った雑居ビルがたち並んでいる。ゆるやかな下り坂で、赤坂《あかさか》へとつながる道だ。

平日の深夜、その道はひどく混雑する。理由は、雑居ビル側の路肩にずらりと並んだ路上駐車の列だ。乗用車、特にワンボックスタイプのワゴン車が必ず十台近く止まっている。

片側一車線の道に路上駐車が並び、さらに客を求めるタクシーの空車が、ほぼ二重駐車に近い形で横につくため、対向車とすれちがうのが困難になるほど、道幅が狭まる。それが混雑の原因だ。渋滞といえるほどの長さではないが、赤坂方面からその坂を車で登っていくと、外苑東通りにでるまでの百メートルに、信号を三、四回は待たなければならなくなる。

　路上駐車している乗用車にはすべて運転手が乗っている。彼らは「送り」と呼ばれる仕事をしている。あたりの雑居ビルにある、クラブやキャバクラのホステスを、閉店後自宅まで送り届けるのだ。ホステスは自宅までの距離に応じて、片道千円から三千円くらいを運転手に払う。車にはたいてい四人くらいのホステスが乗り、近い順から降ろされていく。「送り」の運転手は、彼女らが働く店とも契約を結んでいて、別にいくらかをもらっている。

　つまり乗り合いの白タクというわけだ。ホステスからすれば、通常は五千円から一万円かかる帰りのタクシー代を千、二千円ですませられるし、ホステスだから近い距離にちがいないと考えるタクシーに乗車拒否をされる心配もない。

　こうした「送り」の車を盛り場で見るようになったのは、バブル崩壊後からだ。それまでは、ホステスも皆、タクシーを使って帰宅していた。彼女らの悩みは、タクシー代がかからない都心に住めば家賃が高く、家賃の安いところではタクシー代が高くつく、だった。

　それが「送り」の出現でかわった。二十三区どころか、千葉や埼玉に住んでいても、六本木や新宿で働き、タクシー代をかけずに深夜帰宅できる。実家から通えれば家賃がかからないので、そのぶん金が残せるというわけだ。

往きは電車で店に出勤し、帰りは「送り」で帰る、というホステスが、大型店ではほとんどだ。風俗営業店に対する、警察による営業時間の締めつけも厳しくなっていて、以前なら午前二時、三時までがあたり前だったクラブ、キャバクラも、よほど気合の入った店でない限りは、一時から一時半には客を帰す。

閉店後、客と食事やカラオケにいく「アフター」にでる場合は、ホステスが店を通じて「送り」をキャンセルする。当然そうさせた客は、ホステスにタクシー代を多めに渡さなければならない。近い距離に住む娘なら、五千円か一万円で済むが、中には一万円以上かかる実家から通う娘もいて、二万円を渡さなければならなかったときはさすがに私も、

「お前とはもうアフターにはいかない」

と、ぼやいたことがある。

アフターにいくのは、客にとってはホステスとの距離を詰めるチャンスになるわけで、あわよくば、という下心をもつ者も多い。「送り」の存在は、アフターを断るための口実にもなるし、五千円で帰れるのに一万円をせしめるチャンスにもなるので、ホステスにとって、よいことずくめともいえる。今や「送り」のない店では働け

ないし、働かないというホステスも多い。

つまりそれだけ金銭感覚が発達しているのだ。昔のように稼いでもそのぶん使う、というホステスは少なくなっている。

「送り」のドライバーには、いろいろな人間がいる。副収入目的のサラリーマンもいれば、非番のタクシードライバーがやっていると聞いたこともある。いずれにしても、それひとつで食べていくのは難しいので、別に本業をもっている者が多い。

そのひとりに「殺し屋」がいる、と聞いたのが、先週のことだ。

午前一時、ふつうならどこかの店にいて会計を頼む時刻、私は六本木の路上に立っていた。かたわらにはフリー記者の田川《たがわ》がいる。

そもそも「殺し屋」の話をもちこんできたのが田川だった。酒好きで調子のいい田川に、何度もかつがれてきた。それでもつい、つきあってしまうのは、私がお人好しなのと、田川の話のうまさが理由だ。

それは、こんな風に始まった。

日曜日、居酒屋などを別にすれば、さすがにバーやキャバクラ、クラブは休みになる。それでも飲みにでたいのが、曜日とはかかわりなく締切りと戦う、家内労働者である。

　締切りというのは、なぜか休み明けに設定されることが多い。正月休み、ゴールデンウィーク、夏休みだけでなく、週明けにお原稿をちょうだいしたく、ともいわれる。

　彼ら編集者にとって、月曜日に原稿が届けば、その週の仕事の始まりとして格好のタイミングなのだろう。だがよくよく考えれば、いや考えるまでもなく、そのお原稿を書く側は、休み期間中が労働時間になる。

　もちろん月曜が火曜、水曜になっても、ぎりぎり間に合うであろうことは、さほど売れてはいないがキャリアだけは長い推理作家も承知している。

　しかし一度決めた締切りを遅らせると、次に書くべき原稿の締切りに影響がでる。

そこでその日曜日、実によく晴れた秋の気持のよい一日、ゴルフでも釣りでも、さぞや楽しく過ごせたろうという日を、仕事場で過ごしたのだった。

　夕方というには少し遅い時間に、書きあげた原稿をファックスで編集部に送った。

先史時代の生き残りで、いまだに手で原稿を書いている私は、入稿時、打ち直しというひと手間を編集者にかけることになる。それもあまり締切りを遅らせられない理由だ。

仕事場の近くの、チェーン系の中華料理屋でひとり寂しく食事をとった私は、日曜日でもやっている、新宿の酒場に足を運んだ。

金曜、土曜と、仕上げた原稿にかかりきりだったので、人とまるで話していない。編集者も週末は電話をしてこないからだ。

原稿が届きましたというお礼は、どうせ月曜の午前中になるだろう。つまりそれだけ切羽詰《せっぱつ》まっていないのだ。切羽詰まっていたら、週末でも彼らは編集部にいる。もっともそこまでして原稿を待つのは、他社も欲しがるような売れっ子で、締切りの重複が仕事を遅らせると、彼らもわかっているから待つのだ。

私ごときが遅れたら、それは怠惰《たいだ》か才能のなさか、その両方の証明にしかならない。

新宿の酒場は「タツ」といった。元甲子園球児というおかまがひとりでやっている。カウンターだけの店で、客はタツの肉体美を求めるそのテか、出版関係者のどちらかだ。

「あらセンセー、ひさしぶり。田川ちゃん、いるわよ」

髪を短く刈《か》り、黒いTシャツを鍛えた筋肉で盛りあげたタツが、扉を押した私にいった。

カウンターの端に、ポロシャツ姿の田川がいた。小柄で肉づきがよく、目尻が垂れているせいで、いつもにこにこと笑っているように見える。元は大手出版社がだす週刊誌の契約記者だったが、ガセネタをつかまされて記事にしたあげく、書かれた芸能人に裁判をおこされてクビになった。契約記者は社名と誌名の入った名刺をもって取材にあたるが、正社員ではないので、簡単にクビを切られる。

「久しぶり、元気？」

私は少し席をあけてすわり、いった。悪い男ではないが、どこまで本当かわからない話が多すぎる。十のうち九は嘘か、いい加減な噂話で、一がスクープものの真実だ。

「元気っすよ。今は――にいます」

名前は知っているが、私は一度も読んだことのない夕刊紙の名を、田川は口にした。

「何とか食ってます。センセイはあいかわらずご活躍で」

「よくいうよ」

私は苦笑いし、ビールを頼んだ。食べた炒飯《チャーハン》がしょっぱすぎ、喉《のど》が渇いていた。

「それにセンセイはよせよ。同じ業界なんだから」

　そういうと田川は嬉しそうな顔をした。

「新宿、珍しいじゃないですか。取材ですか」

「いいや。やってる店を他に思いつかなかった」

「でしょう！　日曜日って、意外と拾えるのよ」

　タツが大きく頷いた。

「同窓会とか結婚式の流れで、遅い時間、けっこう入ったりするのだから」

「どうですか。最近、いいネタありますか」

　田川が訊ねた。

「俺に訊くのはお門ちがいだろう。こっちは嘘八百をこしらえる商売だ」

「いやあ、センセイの刑事ものは、極道や刑事にもファンが多いですよ。リアリティがあっていいって。本当はいいネタ元がいるのじゃないかって、皆いってます」

「ないない。第一、実話をネタになんか書けないだろう。危なくってしょうがない」

　私は首をふった。田川はそれを聞いて、ちらっと意味ありげな顔をした。

「隣、いっていいですか」

　私が頷くと、水割りのグラスと柿の種の入った小皿を手に移ってきた。

「何よ、田川ちゃん。さっきまであたしを口説《くど》いてたのに、センセイに鞍替《くらが》え？」

タツが流し目をくれた。

「勘弁してくれ。そういう話なら帰るぜ、俺は」

「ちがいますよ。センセイ、殺し屋って会ったことあります？」

田川は急に声をひそめた。私は息を吐いた。

世の中には実在するかどうかわからないし、それについて結論のでないものごとがある。

たとえばUFO、たとえば幽霊だ。見た人、あるいは簡単に見える人にとって、その存在は疑いようのない事実である。見たことがない、あるいは見えない人には、存在が信じられない。とはいえ、絶対に存在しない、と否定もしきれない。

UFOは、存在しているなら見たい、と私は思う。幽霊になると、否定的だ。おそらく存在しないと思っているし、見たいとも思わない。幽霊が見える人間の中には、やたらに見えてしまう者もいて、

「ほら、今そこにお婆《ばあ》ちゃんがすわっているじゃない」

などという。嘘をついているのでないなら、脳の疾患《しっかん》の可能性がある。幻視は、当人にとっては、事実としか思えないからだ。だが、脳疾患が原因で幻視がおこっているとして、それで見えるものが何もかも存在しないと決めつけるのも微妙だ。疾患の

せいで、ある種の視力が発達し、霊魂《れいこん》を見られるのかもしれない。

問題は、見える人間は実在を疑わないが、見えない人間には信じようがない、という点だ。霊魂が、霊魂でなくてはなしえない行為をして、それを見えない者も視認すれば、実在を信じる気になるだろう。だが、たいていの場合、霊魂は、ただそこにいるだけで、何のメッセージもよこさない。

いるかいないかわからない。結論がでないからこそ、お話の種になる。

殺し屋も、実は似たようなものだ。

人を殺す人間は、もちろんいる。だが、報酬とひきかえに見ず知らずの人間を、複数回殺害し、それで逮捕されずにいる殺し屋は、果たしているのか。

海外にはいるらしい。らしい、というのは、犯罪ドキュメンタリーなどで、逮捕されたり、殺された殺し屋の記事を目にすることがあるからだ。それが材料なのだろう。ハリウッド映画には、数限りないプロの殺し屋が登場するし、日本でも最近は、外国人を雇って殺人が可能だという話を耳にする。

しかし殺し屋というのは、つかまりも殺されもしないことで初めて、成立する職業だ。その上、職業であるためには、殺人は一度きりではなく、複数回、成功しなければならない。

雇われた外国人が我が国で誰かを殺したとする。その実行犯は、おそらく日本にとどまらない。すぐに国外にでて、ほとぼりがさめるまでは戻ってこないだろう。あるいは殺人の報酬を元手に、故国で新たな商売を始めるかもしれない。

それを果たしてプロの殺し屋と呼べるだろうか。

プロの条件とは、再現性である。料理人が、何度作っても同じ味を提供できるように、請けおった殺人は、必ず遂行してこそプロの殺し屋といえるわけだ。しかもつかまったり、反撃されることも許されない。

そこまで条件をつけると、プロの殺し屋の実在は、かなり疑わしくなってくる。だが、UFOや幽霊もそうであるように、疑わしいが否定しきれないことこそ、小説の材料となる。

私もこれまでさんざん、殺し屋を自作に登場させてきた。

「あるわけない」

私は答えた。

「あんなにいっぱい書いてるのに、ですか」

「人を殺した経験がある、という人には会ったことがある。けれど、職業的な殺し屋はないね。だってそうだろう。プロの殺し屋が、自分はそうですというわけないじゃないか。いうとしたら、相手を殺すときだぜ」

「恐いわよ」

タツがぶあつい胸を両手で抱えた。

「いやいや、タッちゃんみたいのが、意外にプロの殺し屋だったりするのじゃないかな。体は鍛えてるし、いちおう正業はある。その上――」

いいかけた私の言葉をタツはひきとった。

「おかまだから殺し屋とは誰も思わない？」

「そうそう」

タツはふうっとため息を吐《つ》いた。

「知られた以上は、二人とも生きて帰せないわね」

「マジですか!?」

田川が素《す》っ頓狂《とんきょう》な声をだした。

「馬鹿っ」

「田川さんはあるのか」

私は訊ねた。

「微妙、なんですよ。それっぽくもあり、そうでもなし」

「どこで会ったんだ?」

「飲み屋です。別のおかまの店なんですけど――」

「浮気者!」

「たまたま、こんな風に二人きりになって、そこのママが買物にでたときに、『実は俺、殺し屋なんだ』って、そいつがいいだして」

「威《おど》してお金でもとろうとしたのじゃない?」

タツがいうと、田川は首をふった。

「いや、ぜんぜんそんなのじゃない。俺がライターだって、店のママから聞いて、自分の話を記事にしてくれないかっていいだした」

「じゃお金目当てじゃない。記事になったら、お金よこせっていえるもの。ねえ、センセイ」

「そこまで考えてるなら、詐欺に近いな」

「供養になるっていうんですよ。記事にしてくれたら、これまで殺した人間の――」

私は首をひねった。

「怪しいな。ふだんの商売は何をやってる?」

「そのあと店のママに訊いても、よくわからないって」

「外見は？」

「年は俺と同じくらいだから、四十ちょいかな。中肉中背で、タッちゃんほどいかつくない」

「雰囲気は？　明るい、暗い？」

「どちらかというと明るい、ですね。あっけらかんとして、『実は、俺殺し屋なんだ』って」

「おかしいわよ、そんなの」

「明るいってのは、むしろアリなんだよな」

私はいった。

「そうなの？」

「もともと暗い性格の人間が人殺しなんかつづけていたら、どんどん暗くなって最後は自分を殺したくなるだろう。むしろ明るくて、してきたことをさっさと忘れたり、自己正当化できるような人間じゃなきゃ、殺し屋になんかなれない、と俺は思うんだ。もちろんペラペラ自分のことを喋るのはなしだけど」

「じゃ、明るいアスリートみたいなの？」

タツの言葉に私は頷いた。

「むしろね」

「やっぱりタッちゃんじゃん」

田川がいった。

「殺し屋やってたら、こんなしょぼい店やってないわよ」

「それはどうかな」

私はいった。

「いろいろ書いているうちに思い始めたのだけど、殺し屋ってよほど凄腕《すごうで》の、国際的なプロじゃない限り、あまり儲かる商売じゃないような気がするんだ」

「だってマンガの――」

「だからマンガなんだって。しかも誰もが知っている凄腕の殺し屋って、それじたいに矛盾《むじゅん》がある。報復や逮捕の危険がつきまとうのに、知られてるってのはないだろう。あるとすれば、政治的な暗殺を請けおう、プロの集団で、準備に何ヵ月も何年もかけるような、一種の傭兵《ようへい》かな。そういうのは、高額の報酬をうけとるだろうけど、たとえば日本で、一般人が人を殺してもらうのに、いくら払うと思う?」

「あたしが聞いたのは、中国人が五十万でやるって」

タツがいった。

「そうだろう。いって百万てところだ。標的の遺産めあてで一千万払うって奴もたまにはいるかもしれないけれど、まあ、まれだろう。だいたい金持ちは人殺しなんて考えない」

「金持ちケンカせず、だものね」

「うーん、百万で人殺しか。よほど食いつめてないとやらないな。振り込め詐欺のほうがよほど儲かるし、罪も軽い」

田川がいった。私は頷いた。

「食いつめた人間てのは余裕がないから、あとのことを考えない。となると殺したあとつかまる確率が高くなる。つかまって、百万であの人に雇われましたなんて自白されたら一巻の終わりだ」

「じゃ、やっぱりガセかな」

「百パーセントガセとはいい切れないけど、可能性は高い。ただ――」

「ただ、何です？」

「理由もなく人を殺したいと願うような人間なら、ありうるかもしれない。報酬は自分の異常性を正当化するための方便で、本当は殺人衝動を満たすのが目的で殺し屋をやっている。そういう人間なら、周到な準備もするし、つかまらないような努力をはらうだろう」

「通り魔殺人鬼になるような人間みたいのが殺し屋やってるってこと？」

「も、ありうるという仮説だ」

「気持悪い」

私は田川を見た。

「かなりいっちゃってるようには見えなかったのだろう？」

「見えませんでしたね」

頷く田川は、どこか残念そうだった。そのとき、カウンターにおかれた携帯電話が鳴った。

「俺だ」

田川が手をのばした。あれ、とつぶやいて耳にあてる。

「田川です。どうしたの？」

相手の声に耳を傾け、ちょっと待ってと電話をおろして、私を見た。

「噂をすれば、です。その店のママなんですけど、この前の客がきてて俺に会いたいっていってるんですけど」

「やだ、そこも日曜開けてるの？」

「日によって。今日はやってるみたい」

タツに答えて、田川は私を見た。

「ちょっとだけつきあいませんか。店は近くなんです。十分か十五分寄って、センセイの感想を聞かせてください」

本音をいえば断わりたかった。自称殺し屋が本物であればもちろん、偽者なら、それを〝見抜いた〟という理由で恨みを買うかもしれない。売れていないとはいえ、いちおう小説家で通っている人間だ。あとあと、どんな嫌がらせをうけるか予測がつかない。

だが偉そうに、「殺し屋は儲からない」だの「それでもやるなら殺人鬼」だの、ぶった手前、やめておくとはいいづらかった。

「うーん」

私は唸《うな》った。タツがいった。

「センセイ、いってきてよ。いって、あたしに報告して。田川ちゃんとは仕事の打ち合わせしてたとかいえばいいじゃない」

「いやいや、センセイの名前や仕事はいわないよ。何かあったらまずいもの」

田川がいったので、私はほっとした。

「じゃあ、つきあうか」

そのバーは、タツの店から歩いて十分もかからない距離にあった。ゴールデン街の入口にある雑居ビルの地下だ。

ママは、タツとちがい、女装していた。女装といっても、正直、見るからにそうとわかる顔立ちで、金髪のウイッグをかぶりドレスを着てはいるが、泥酔しない限り、女性と思う者はいないだろう。その上典型的なおかま声だった。

「あっらぁ、田川ちゃん、本当にきてくれたのね。嬉しいっ。このハンサムさんは？」

「俺の仕事の先輩で、佐藤《さとう》さん」

タツの姓を田川はいった。

「よろしく」

「いい男が三人もいて、幸せっ」

ママが身をよじった。

タツの店と同じような、カウンターだけのバーだ。カウンターの奥に、男がひとりかけている。革のジャケットに白いシャツ、ジーンズという服装だ。細身で頬がこけ、スコッチウイスキーのボトルとロックグラスを前にしている。グラスをつかんだ指に、ドクロの指輪をはめていた。三十代の終わり頃だろう。

「先日はどうも」

田川が頭を下げると、男は小さく頷いた。

「佐藤さんと近くで打ち合わせをしていたんだ。だから寄ってみた」

田川が男の隣にすわり、いった。男が田川を見た。

「俺がママに、呼んでほしいって頼んだんすよ」

そして私に視線を移した。

「田川さんと同じ仕事なんですか」

「そうです」

私は頷いた。男が眉根を寄せた。

「どこかで会いましたっけ」

「いや。よくある顔ですから」

男は瞬《まばた》きし、私を見つめている。あせったように田川がいった。

「そういえば、まだお名前、うかがってなかったですね」

「俺ですか。——といいます」

私はだされた水割りを吹きそうになった。私が書いている警察小説のシリーズの主人公と同じ名だったからだ。

だが男は私の反応をうかがうためにいったのではないようで、表情に変化はなかった。

「この前の話、どうです?」

男が田川に訊ねた。

「記事になりますか」

「いいんですか、ここで話しても」

田川が驚いたようにいった。

「まあ、うまく話せば」

意味ありげに男は答えた。

「うーん、まず、お話のウラをとらなけりゃならないんですが……」

「ウラって?」

「その、仕事の対象となった人の名前とか日時ですね」

「ああ、そんなこと。すぐいえますよ。ただ、家に帰らないとわからない。家には仕事の記録がありますから」

「記録をとっているのですか」

「何かあったときのためにね。クライアントに裏切られちゃたまらないんで」

「裏切るって？」

「まあ、俺の口を塞《ふさ》ぐとか、警察にチクるとか」

私はママを見た。どこかうっとりしたような表情で男を見つめている。何についての話か口をはさんでこないのは、内容を理解しているからにちがいない。

田川が私に目をやった。

「実は佐藤さんに相談していたのは、あなたのことだったんです。どんな風にまとめようかと思いまして」

男は誇らしげな表情を浮かべた。

「どんといっちゃってください。記事がでたら、みんなびっくりしてひっくりかえりますから」

「その場合、あなたは困らないのですか。それこそクライアントからクレームがつくのでは？」

私は訊ねた。

「大丈夫です。俺に手をだせる奴はいません。この業界じゃ、ちょっとは有名なんです」

「この業界?」

「俺らの業界ですよ。組合とまではいわないが、それなりに横のつながりがあって、ギャラの情報交換とかするんで」

「そんなにたくさんの人がいるのですか」

「まあね。具体的にはいえないけど」

男はにやりと笑った。

「それはすごい。ぜひ聞いてみたいな」

田川がいった。

「いや、まずいですよ。俺だけじゃない。あんたたちの命にもかかわる。業界の秘密を守るための風紀委員みたいのがいてね。そいつがでてくる」

「本業は何をしているんです?」

私は訊ねた。

「本業?」

「表向きの仕事をなさっているのでしょう」

「いいや」

男は首をふった。

「これだけですよ」

「クライアントとは、どうやって連絡をとるのですか」

「ネットですよ。俺ら専用のサイトがあって、そこに客がアクセスしてくる」

「それは記事にしちゃまずいですね」

「うーん。うまくぼかせばいいのじゃない？」

「これまでに何件、仕事をしました？」

「ざっと二十くらいかな。師匠から独立したあと」

「師匠。師匠がいたのですか」

「いるよ。うちらの業界のボスだね」

「ということは、今でも現役ですか」

男は頷いた。

「その人にインタビューできませんか。できたらぐっと記事に迫力が増す」

「それは無理だよ。師匠は職人気質《かたぎ》でね。表にでるのを好まない」

私は吹きだした。

「何がおかしいんです？」

「いや。表にでるのを好まない、というのが……」

田川も笑いをこらえているような顔をしている。男は憮然《ぶぜん》とした。

「それが何か変ですか」

「もっと裏の仕事だと思っていたので」

「それはそうだ。あんたたちだから信用して話してるんだ。ふつうならいわない」

男は声を大きくした。

田川と私は顔を見合わせた。

「すいませんでした」

田川が小声でいった。

「いや。そろそろ俺は消えるよ」

私がいうと、男が聞きとがめた。

「何だよ、あんた帰るの？」

「申しわけありません。別件があるんで」

「俺の話はどうなのよ」

「彼が聞きますよ」

「俺の話を疑ってるんだろう。師匠に会えばわかるよ。俺の話が嘘じゃないって」

私は頷いた。

「ぜひ、彼に話して下さい」

タツの店に私が戻り、三十分ほどして田川が帰ってきた。

「いやあ、参りました。センセイを巻きこんじまって、すみませんでした」

両手をあわせ、私を拝んだ。

「ずいぶん、とぼけた奴だったみたいね」

タツがとがった声をだした。田川が首をすくめた。

「あのあと、ママがまた買物にでかけましてね。そうしたら奴《やっこ》さん、自白しましたよ。全部、ママの気を惹《ひ》くための嘘だって。本業はキャバクラのボーイらしいです。ただ――」

「ただ？」

「奴のいってた師匠というのは本物みたいです。以前、奴の店でチンピラが三人くらい暴れたのを簡単にかたづけた男がいて、それで憧《あこが》れてなついていたらしいんです」

男は四十代後半で、口数の少ないボーイだった。見た目は大柄ではないが、酔っぱらいやチンピラの処理を難なくこなしたという。

あるとき、その男の腕に妙なタトゥが入っているのを見た。そのタトゥの意味を訊ねたが、返事はもらえず、翌日男は店を辞めていった。

「妙なタトゥ？」

「数字だそうです。奴さんが見たのは、08・11・10という数字で」

「よく覚えてたな」

「十一月十日生まれなんだそうです。それで11・10がすぐ目についた」

「なるほど。本物だと思った理由は？」

「二〇〇八年十一月十日、何があったか覚えています？」

私は首をふった。

「大阪に逃げていた、FSPの松田《まつだ》が自殺した日です。サウナの仮眠室で手首を切って」

「あれか」

数十億単位の資金を株式市場で動かし、ブラックマネーの洗浄を疑われた投資顧問会社があった。それがFSPで、それまでまったく無名だったにもかかわらず、突然スポットライトを浴び、証券取引等監視委員会に目をつけられた役員の松田という男が失踪した。そして大阪のサウナの仮眠室で自殺しているところを発見された。

「気になりませんか。奴さんの話じゃ、他にもいっぱい日付らしいタトゥが体に入ってたっていうんです。タトゥを見られた翌日に姿を消したってのも、本物っぽい。奴さんは、その男を師匠にしたてて、俺らに殺し屋の話を吹かしたんです。金じゃなくて、あのママが目当てだったようです」

「あのママを、か？」

そちらのほうが信じ難い。私は首をふり、息を吐いた。

「まあ、いいや。どっちにしても、その男は姿を消したのだろう」

「それが、最近、六本木で『送り』のドライバーをやってるのを見かけたっていうんです」


午前一時半を過ぎたあたりから、歩道がにぎやかになった。私服に着替えたホステスたちが続々とビルをでてくる。馴染《なじ》みの車にさっさと乗りこむ娘もいれば、路上で煙草を吹かし、話しこむ集団もいる。

「あの車ですよ」

田川が白のワンボックスカーを指さした。千葉ナンバーをつけ、車内にはまだ誰も乗っていない。

スライドドアのかたわらに小柄な男がひとり立っていた。キャップをかぶってい て、ジーンズに大きめのパーカーを着ている。他の「送り」は、運転手どうしで話している者もいたが、その男は時間になるまでずっと運転席にいた。

「顔が見えないな」

ミッドタウン側の歩道に立っていた私はつぶやいた。

「向こう側に渡って歩きましょう。そうしたら見られます」

田川がいい、私たちは通りを渡った。信号待ちの車が動かず、容易に横断できる。

男の顔が見えた。キャップをまぶかにかぶっているが坊主頭のようだ。目が小さく、唇を固く結んでいる。通行人を装って道を歩いていくと、その目が素早く私と田川を見た。ひっきりなしにあたりに目を配っている、そんなようすだ。

男のたたずまいに凶暴さを感じさせるものは何もなかった。むしろ必要以上に身を小さくしている、そんな印象だ。

ちょうど男の車に乗りこもうとしているホステスがいて、男は目を合わさず小さな声で、

「お疲れさまです」

といった。

「お疲れさまでーす」

ホステスは答え、車の後部席にすわった。

「センセイ！」

不意に声をかけられ、私は立ち止まった。ショートパンツにロングブーツ、フェイクファーのショールと、格好は若いが三十を過ぎている女が私の顔をのぞきこんでいる。

一瞬誰だか思いだせなかった。

「ミウだよ、ミウ！　忘れた⁉」

「おお」

私は声をあげた。以前通っていた六本木のクラブにいた女だった。その店が潰れ、連絡が途絶えていた。

「元気か」

「今、そこの『ミカエル』ってキャバクラにいる」

「お前の年でキャバクラか」

「きついよう。だから、ね、センセイ、きて」

ミウは甘えた声をだした。

「今日はもう終わりか？」

私が訊くと、ミウはさっと表情を冷たくした。

「そっ。『送り』に乗るとこ」

手にコンビニエンスストアの袋をもっている。車内で夜食を食べるつもりのようだ。今いる店にもこないで誘ってもつきあわないよ、という意思表示がわかりやすい。

「今、どこに住んでるんだ？」

「中野《なかの》」

「前は広尾だったろう、確か」

「もう住めないよ、あんな高いとこ」

「そうか、わかった。じゃあな」

「きてよ、本当に。まだ『ミウ』でやってるから」

「わかった」

私が頷くと、ミウは安心したように白のワンボックスに乗りこんだ。

「ラッキーですね」

田川がささやいた。

「ああ。ラッキーだった」

二日後、田川と「ミカエル」にいった。ミウを指名し、昔話を少ししたところで、切りだした。

「ミウの『送り』、いつも同じ人か」

「そうだよ。代々木《よよぎ》、新宿、中野、練馬《ねりま》の順で落としていってもらう」

「四人乗っけているんだ」

ミウは頷いた。

「昔から、同じ運転手さんか？」

「昔っていっても、今年の春から。前やってた人が昼の仕事が忙しくなってやめちゃって、かわりに入ってきた」

「『送り』の仕事も大変だろうからな」

「ああいう人って、別に仕事もっているんでしょう。ミウちゃんのドライバーさんは何をしている人？」

田川が訊ねた。

「何だっけ。アイちゃん、何ていってたっけ」

ミウは田川の横にすわる、ぽっちゃりした娘に訊いた。

「カワモトさん？　クリーニング屋さんの配達」

「なるほど。同じような仕事だ」

「カワモトさん、センセイのこと知ってたよ」

「え？」

「あのあと帰り道でいわれた。『さっき話してたの、作家の先生でしょ』って。読んでるみたい。センセイの本」

私と田川は顔を見合わせた。

「珍しいな。俺の読者だなんて」

少し動揺した。

「あの人、待っているあいだ、ずっと本読んでるもん」

アイがいった。

「そうなんだ。あとで挨拶するか」

「そんなことしたら喜んじゃうよ」

「どんな人なの？」

田川が訊ねた。

「いっちゃ悪いけど、センセイのファンだなんて珍しいじゃない」

「地味ぃな人。あ、でも――」

ミウはいいかけて口をつぐんだ。

「何？」

「え、こんなこといっていいのかな」

「いいかけたのだから、いおうよ」

「刺青《スミ》、入ってるかもしれない。夏でも長袖《ながそで》だったから」

「やくざっぽいの？」

「全然。話しかたもていねいだし、こっちから話しかけない限り、まず何もいってこない。まあ、ドライバーさんて、そういう人多いけど」

「口説いたりしないの？　女の子を。最後の子なんか、二人きりになるのだから」

田川が訊ねた。

「ないない。女の子からクレームが入ったらクビだもの」

ミウは首をふった。

「そりゃそうだよな。よし、挨拶するよ。ご愛読ありがとうございますって」

「えっ、じゃあラストまでいてくれるの？」

「そりゃ無理だ。でも下に降りたらいるだろう？」

「十二時くらいからはね。じゃ、それまでいて。お願い」

「わかった、わかった」

十一時になると会計をすませ、田川と下に降りた。白のワンボックスは、前と同じ場所に止まっていた。下までついてきたミウが助手席をノックすると、男は窓を下げた。今日もキャップをかぶっている。

「カワモトさん、センセイだよ」

「私の本を読んで下さっているみたいで、ありがとうございます」

私がいうと、カワモトは目をみひらき、口をぱくぱくさせた。読みかけの文庫をハンドルに伏せ、あわてて運転席を降りてくる。

「いや、そんな、とんでもない。すみません」

妙に高い声でいって、カワモトは頭を何度も下げた。

「こっちこそ、いつも楽しませてもらってます」

「じゃあね」

ミウが手をふり、店に戻っていった。

「ちょっとお話をいいですか。実は『送り』のドライバーさんて、興味があって。小説の材料に使えないかなと考えていたんです。できれば立ち話でいいんで、お話を聞きたくて」

私はいった。そして田川を、担当編集者だと紹介した。

「えっと、じゃあ――」

カワモトはスライドドアを開いた。

「中に乗って下さい。駐禁切られちゃうんで、車を離れられないんですよ」

私たちは後部席に乗りこんだ。

「煙草、吸われるのだったらどうぞ。これ使って下さい」

携帯型の灰皿をカワモトはさしだした。

「どうも。カワモトさん、昼間も仕事されているそうですが、つらくないですか」

「いや、そんなことは。昼も仮眠とれますし」

「長いんですか。ドライバーのお仕事は」

「いや、自分はまだ半年ちょっとです」

「それまでは何を？」

「いろいろ、です」

だんだん言葉数が少なくなった。

「若い頃、やんちゃとかされていたんですか？　失礼なことをうかがいますが」

田川が明るい声で訊ねた。

「いえ。自分はすごくふつうで」

「お勤めされていた？」

「あの……、自衛隊にいました」

「自衛隊。陸上ですか、それとも海上？」

「陸自です」

「どちらに？」

「北海道が長かったです」

「出身もそちらですか」

「いえ、東北です」

「東北、どこ？」

「山形です」

「偶然だな！　私も山形です。山形はどこですか。私は山形市なんですが」

田川は声を大きくした。本当は横浜《よこはま》の出身だが、離婚した奥さんが山形だった。

「いや、田舎のほうです」

車内が静かになった。私は意を決した。

「お気を悪くされたら申しわけないのですが、かわったタトゥを入れてらっしゃると聞いたんですが」

ルームミラーごしに私たちと話していたカワモトがふりかえった。

「誰から聞いたんです？」

「ミウじゃありません。見かけた女の子がいて」

カワモトは黙りこんだ。

「別にカワモトさん個人の話が知りたいわけではないんです。でもさしつかえなければ、見せていただくわけにはいきませんか」

カワモトはずっと無言だった。そして不意にパーカーの袖をまくりあげた。

「他の人だったら見せません。センセイの本が、自分は好きなんで……」

そこには新宿で聞いた通りの、日付と思しい数字のタトゥが入っていた。左腕だけでざっと五、六ある。自分で入れたらしく、歪《ゆが》んでいるものもあった。私は見てとった数字をいくつか暗記した。

カワモトは袖をおろした。

「これが何で、どんな意味があるのか、理由はいえません」

カワモトはそういって、口をつぐんだ。それまでの恐縮していたようすは消え、ぴんと張りつめた空気をまとっている。

「知りたいな」

小声で田川がいった。

「何かそれ、日付みたいじゃないですか」

カワモトが田川の目を見つめた。

「じゃあいいましょうか」

田川の顔がこわばった。カワモトの声から高さが消えていた。

「私はペットが好きでしてね。独り者なんで、犬や猫を何匹も飼っているんです。そいつらが死ぬと、つらくてつらくて。忘れたくないんです。だから命日を彫ることにした」

「そう、なんですか……」

カワモトが再び袖をめくった。

「これは犬のベン、こっちが猫のハルミ、それでハルミのパートナーだったヨシオ」

「08・11・10」を指さし、カワモトは袖をおろした。

「すみません、話しづらいことを訊いてしまって」

私はいった。

「いいんです。女の子にはいずれ見られるだろうと思っていましたから」

それから四、五分、私たちは「送り」の仕事に関する、あたりさわりのない質問をした。車を降りぎわ、私は「謝礼」だといって一万円札をだしたが、カワモトは受けとらなかった。

かわりに次に会うとき、カワモトのもってくる私の本にサインする約束を交《かわ》した。

カワモトは運転席を降り、立ち去る私たちに深々と頭を下げた。

「何だかな、ですね」

少し歩き、声が聞こえなくなったところで田川がいった。

「ペットの命日だっていわれたら、つっこみようがない」

私は黙っていた。

「本当なんですかね。センセイどう思います？」

「自殺したFSPの松田の下の名前、覚えているか」

「いえ」

「義雄《よしお》だ。松田義雄」

「えっ」

「立ち止まるな。きっとまだ俺たちを見ている」

私は小声でいった。背中がむずむずするような、こわばるような、嫌な緊張感が角を曲がるまでつづいた。

三日後、連絡先を交換していたミウからメールがきた。

「センセイ、この前のカワモトさん、いなくなっちゃった。なんか、ひとりで帰り道、事故っちゃって、車が駄目になったんで、仕事できなくなったって店に連絡あったらしいよ。だからミウの『送り』、今は日がわりなんだ。センセイ、アフター誘ってよ、てへっ」

記憶した日付を検索すべきか迷っている。ベンやハルミという死者があらわれたら、眠れなくなるような気がするからだ。幽霊を見たいとは思わないのと、同じ理由だ。

ミウとのアフターは、その翌週、果した。

白いワンボックスがどこかに止まっているのではないかと、冷や冷やしながら。

村

その日の仕事を終えた私がいきつけのバーのカウンターに腰をおろしたとき、携帯電話が鳴った。表示されているのは、見知らぬ十一桁《けた》の番号だ。

「誰だ」

つぶやいた私に、バーテンダーのクロさんがいった。

「たまには顔をだせって、銀座のお姐《ねえ》さんのお誘いじゃないですか」

「そこまでいい客じゃない」

首をふって、

「はい」

とだけ電話に応えた私の耳に、聞き覚えのある声が流れこんだ。

「富田《とみた》だ。今、どこにいる」

「お前か。誰かと思ったぞ。六本木のバーだ」

「お姉ちゃんがいっしょか？」

学生時代は始終つるんでいた友人だった。先月、久しぶりに小さな同窓会があり、そこで電話番号を教えあったのを思いだした。互いに身軽なバツイチ独身だということがわかり、それじゃまたつるもうか、という話になったのだ。もっとも向こうは、私のようなボウフラ物書きではなく、小さな広告制作会社の社長様だ。このところの不景気で苦しいものの、資金繰りを心配するほどではない、といっていた。

「いいや、ひとりだ」

「合流する予定もなしか」

「ない。飲んだくれて帰って寝るだけだ」

「だったらそっちにいっていいか」

「いいね。さびれたバーだから、客がくれば喜ぶ」

クロさんが口をへの字に曲げた。

場所を教えると、富田は二十分足らずでやってきた。扉を押して入ってくるなり、店内を見ていった。

「何だ、売れない作家がトグロを巻いているから、てっきりゴールデン街みたいなところかと思ってたが、きれいなお店じゃないか」

「見た目ほど高くない。そこが気にいっている」

「今日はちょうだいしますよ。もちろんセンセイから」

クロさんがいって、

「いらっしゃいませ」

と迎えた。

「何をお飲みになりますか」

「こいつは酒が強いんだ。あんまり高い酒を飲ませないでくれ」

私は急いでいった。ほっておくと、ウイスキーのボトルを一本空けてしまうような男だ。それでいて酔った素振《そぶ》りを見せない。

「じゃあ、ボウモアをロックで」

富田は酒棚を見ていった。私の隣のストゥールに腰をおろす。

「承知いたしました」

「こんないい店なのに、客はお前ひとりか」

「夜中に混むのさ。そのうちきれいどころを連れた客がわんさかやってくる」

クロさんはわざとらしくため息を吐いた。だが何もいわず、グラスを富田の前においた。

私たちはグラスを合わせた。

「キミオを覚えているか」

富田が訊ねた。少し考え、思いだした。

「板前の？」

「そうだ。この前ばったり会った」

キミオというのは、学生時代、私たちがときおり足を運んでいた鮨屋の伜《せがれ》だった。鮨屋といっても高級店ではなく、ひとり二千円という値段で巻ものなどを中心に腹いっぱい食べさせ飲ませてくれる、気のいい親父《おやじ》さんがいた学生街の店だ。別の割烹《かっぽう》で修業をしていた息子がちょうど私たちと同年代で、ひょんなことから仲よくなり、社会人になってからもつきあいがつづいていた。親父さんのほうは、もう十年以上前に亡くなっている。

「築地《つきじ》の割烹をやめてからどこにいるのかわからないのじゃなかったか」

「そうそう。そこの板長《いたちょう》の話じゃ、腕はいいんだがかわっていて、自家製の味噌《みそ》や野菜を使って料理がしたいって、地方にいったたってことだった」

「そういやそんな噂を聞いた。真面目でつきつめるタイプだからな。どこで会った」

「それが、妙なところなんだ」

富田はいって、口をつぐんだ。迷っているようにも見える。

「こんな話、お前にしかできないと思ってな」

「お忍《しの》び旅行で泊まった温泉宿とか」

私がからかうと首をふった。

「ひとりだ。第一、お忍びをする必要がないだろう。独身なのだから」

「相手がワケありってこともある」

「そんな面倒なことはしない。釣りにいったんだ」

「釣りが趣味だったな、そういえば」

釣り具メーカーの広告を作ったのがきっかけで渓流釣りにはまったという話を聞いていた。特にフライが好きで、４ＷＤ車に竿《さお》や道具を積みこみ、休日は野宿覚悟で走り回っている。

「最近は野宿もつらいんでな。無名の温泉とかを捜していくんだ」

「まだカーナビはつけずか」

「ああ」

富田はカーナビゲーションを車にとりつけていない。知らない場所を走る楽しみを奪われる、というのだ。急ぎ旅でないのなら、確かにその通りかもしれない。

「先月の連休、日本海のほうにでかけた。河口でサツキマスを狙っていったんだ」

釣果《ちょうか》のほうは今ひとつだったが、小さな温泉場があるので、そこを訪ねるのを楽しみにしていた。飛びこみでも、よほどのことがない限り、ひとり分の宿くらいは何とかなるものだからだ。

「ところが驚いた。ガイドブックには旅館が数軒あるとあったんだが、それがことごとく潰れちまっていた。唯一残っていた一軒は改装中ときた」

しかたなく車を走らせた。地図によれば、川の上流に別の温泉があると記されていたからだ。湯治場《とうじば》のようなところでも、頼みこめば一泊くらいはできる、と富田は考えたのだ。

川沿いの道をしばらく走ったが、それらしいところは見つからない。途中、分岐があったことを思いだし、戻ってそこから別の道を走った。

「するとな、急にひらけた町にでたんだ。まあ、町というよりは村、かな。だが建物はけっこうきれいで新しいんだ。ただ困ったのは、宿はおろか、コンビニも、よろず屋みたいな店も何もないんだ」

「集落なのに商店がない、ということか」

「そうなんだ。おかしいだろ。過疎《かそ》が進んで住人がいないというのなら、店がなくなっちまっていても不思議はない。だが明らかに、築十年もたっていないような新しい家が何軒もその道沿いにはあるんだ。なのに一軒も店がない。道を訊《き》こうにも、それじゃ訊けないだろう」

「公共の施設とかもなかったのか。役場とかJAのような」

「ないんだよ。その集落は二、三百メートルほどで切れちまって、しかもそこから何キロか走ったら行き止まりにぶつかった。日はだんだん暮れてくるし、参った。そうしたらそこに地元ナンバーのバンが通りかかって、俺は車をとび降りて止めたんだ。こうなったら道を訊くしかない、と思って」

バンは急ブレーキを踏み、運転していた男は険しい顔で富田をにらんだ。が、次の瞬間、互いにあっと声をたてていた。

バンを運転していたのが、キミオだったのだ。

「すぐにそうとわかったのか」

「何年かぶりだがわかった。向こうは向こうで、『富田さん！』だし、こっちは『キミオーっ』といったきり、ぽかん、さ」

「何でこんなところにいるんですか」

落ちつくとキミオが訊ねた。

「釣りにきたんだが、帰りに温泉いこうと思って道に迷った。お前、今、このあたりに住んでるの？」

富田の問いに、キミオは一瞬迷ったようだが、

「ええ、まあ」

と答えた。

「じゃあ助かった。K温泉てのがある筈なんだが。ここいらに」

「ありますす。ありますが、何もないですよ」

「いや、湯治場みたいな宿がある筈なんだが」

「それはとっくに潰れました。建物もとり壊されて残っていません」

「そっちもか」

富田は息を吐いた。

「どうしたんです？」

訊ねたキミオに、富田はわけを話した。宿を決めず、釣りのあとはいつも飛びこみで泊まっている、と話すと、

「無茶だな。富田さんらしいっていえば、富田さんらしいけど」

とキミオは笑った。

「お前は何してたんだ、こんな山奥で」

富田は訊ねた。

「山菜とりの帰りです。店でだす——」

いってから、しまったという表情をキミオが浮かべるのを見た。

「店？ このあたりなのか」

「いや、それが……。このあたりはこのあたりなんですけど……」

キミオはしどろもどろになった。

「ここにくるまで店なんか一軒もなかったぞ」

「看板をだしてないんですよ。ほら、田舎だから、くる人は常連さんばかりなので」

「この道を戻ったところにある町か？」

「ええ」

「店が一軒もないんで往生《おうじょう》していたんだ。何しろコンビニすらない」

「それはありませんよ。人口、何百人て村ですから」

「よくそんなところで店がやっていけるな」

「まあ、趣味みたいなものですからね」

いってからキミオは考えこむように黙った。そして意を決したのか、いった。

「富田さん、俺についてきて下さい」

「どこにいくんだ。俺は今夜の宿を見つけなけりゃならん」

「うちにご案内しますよ。今日は予約も入っていないですし。よかったら、俺の飯、食って泊まっていって下さい」

「いいのか？」

「ここから、泊まれるような宿がある町まで戻るとなると何時間かかります。それにこの連休なんで、部屋が空いてるとは限らないじゃないですか」

「キミオの車のあとをくっついて走りながら携帯電話を見て驚いた。『圏外』になってるんだ。携帯が通じないところがまだあるんだって」

富田は酒のお代わりをクロさんに頼んだ。

「キミオはかわってなかったんだな」

「ほとんどな。ただ色が黒くなって、昔より精悍《せいかん》な感じにはなっていた。それと――」

少し口ごもった。

「妙にワケありな雰囲気で、あとをくっついて走りながら、本当は迷惑をかけちまっているのじゃないかって悩んだ」

キミオの運転するバンは、富田が通りすぎた集落にまで戻ると、途中で道を逸《そ》れた。すぐに駐車場を備えた立派な木造の家につきあたった。駐車場は、一台二台ではなく、十台近い車が止められるほどの広さがあったという。それとは別にシャッター付のガレージもある。

建物は二階屋で、一階には大きな引き戸があり、どう見ても料理屋のような造りだった。だが屋号《やごう》も暖簾《のれん》も一切でていなかった。

「古いのか、家は」

私は訊ねた。

「いやいや、新しい。せいぜい築四、五年てくらいで木目《もくめ》もはっきり見てとれた。しかも車を止めて中に入ったら、立派な白木《しらき》のカウンターまであるんだ」

奥には大きなワインセラーがあり、何十本というワインが並べられていた。ちらりと見ただけで、相当なコレクションだとわかったという。

カウンターの椅子に富田をすわらせ、キミオは自分の車から、摘《つ》んできたばかりらしい山菜をおろした。それを手伝うために厨房《ちゅうぼう》に入った富田はさらにあっけにとられた。

「ぴかぴかの板場なんだ。業務用のでかい冷凍庫や魚焼き機、オーブンまでそろっている。いったいここはどこだって思ったよ。キミオが以前いたカウンター割烹なんかより、よほど道具がそろってるんだ」

「すごいな。これ全部、お前が料理するためなのだろう」

釣りがきっかけで自分も料理をすることが多い富田はいった。キミオはこともなげに頷いた。

「ええ。ひとりでやってるんで、何十人てお客さんはさばけませんが、七、八人くらいなら何とかなります」

「でもお前、こんな立派な店で成り立つのか。道具もいいのをそろえているようだけど」

「何とか。米とか野菜はこっちで作っているものを使いますし」

「だけどあのワインは――」

富田がいいかけると、キミオの表情が暗くなった。

「まあ、いろいろあるんです。こんな田舎で看板だしていなくても、きて下さるお客さんはいらっしゃるんで」

「だったら俺たちだってくるぜ。あの頃の仲間で、声をかければこっちまでキミオの料理を食べにこようってのもいるだろう」

「いや、そんな迷惑はかけられないですよ。大丈夫です。何とかやっていけてるんで」

苦しげにキミオはいった。富田は黙った。

「――つまり、会員制ってことか、ここは」

「ええ。ふだんは」

言葉少なにキミオは頷いた。そして話題をかえるようにいった。

「風呂、入って下さいよ。俺、料理の仕度しますから」

「いいのか」

訊ねた富田に、キミオはその瞬間だけ、二十《はたち》そこその頃の屈託《くったく》のなさを思いださせる笑顔を見せた。

「もちろんですよ」

「じゃ、世話になる」

風呂は二階だといわれ、あがろうとした富田にキミオがいった。

「あ、富田さんの車、ガレージ入れておきますから、鍵を貸して下さい」

「ガレージ？」

私は訊き返した。

「十台くらい止められる駐車場があったのじゃないのか」

「ああ。俺も変だな、と思ったんだが、何かあまり詮索《せんさく》しづらくてな。鍵を渡した」

「お前の車を他人に見られたくなかったってことじゃないのか」

「さすがだな。まあ、そういうことだ。先を聞けよ」

二階にあがると、そこは一階と異なり、明らかに男のひとり暮らしとわかる状況だった。あるていどは整頓《せいとん》されているが、女の匂《にお》いを感じさせない空間なのだ。

シャワーを浴び、着替えてさっぱりした富田が階下に降りようとすると、電話の鳴る音が聞こえた。

「はい」

キミオが答えている。

「えっ、今日ですか。今日はちょっと……」

どうやら客からの予約の電話のようだった。今夜、食事にきたいらしい。それをキミオが何とか断わろうとしているようすが会話の断片からうかがえた。が、結局キミオは押し切られた。一時間後に客が訪ねてくることになり、電話は終わった。富田は階段を降りた。

白い割烹着になったキミオがカウンターの内側にぼんやりと立っていた。

「客がくるみたいだな」

「はい」

申しわけなさそうに富田を見た。

「気にするなよ。本業のほうが大事だ。俺は残りものでも食わせてもらうから」

「いや、ちゃんと作ります。作りますが――」

キミオはいって、言葉を呑みこんだ。途方に暮れたような表情をしている。

「何だ？　手伝いが必要なら、手伝うぜ」

キミオは首をふった。

「そうじゃないんです。ちょっとワケありのお客さんが見えるんで、富田さんはその――」

「おとなしくしていろ、か」

「はい。できれば、いらしてるってわかられたくないんです」

「つまり隠れてろってことか」

私がいうと、富田は頷いた。

「そうなんだ。何だろうと思ったが、こっちは厚意に甘えてる身だ。いわれた通り、おとなしくしていることにした。ただ、キミオは、客がいるあいだは物音も一切たてないでくれ、と。トイレに入っても水を流すなっていうんだ」

「いないフリをしろ、と」

「ああ。それを聞いて薄気味悪くなった。タチの悪いやくざ者でもくるのかとな。予約の入れかたも強引だったしな」

「でもいきつけの店に迷惑はかけないだろう、いくらやくざ者でも」

「とにかく、俺はおとなしくしていることにしたんだ。キミオを困らせたくないしな。奴《やつ》の下ごしらえとかを手伝ってやって、時間がきたら二階にあがった。明りも消して、まっ暗な中で、待っていたんだ」

やがて車の音が聞こえた。駐車場に二台以上の車が止まる気配があって、

「いらっしゃいまし」

というキミオの声が響いた。

「いや、申しわけない。わがままをいって。大阪から友だちが訪ねてきてくれてね。きのうは向こうのフレンチに連れていったんだが、今日はどうしても和食が食べたいというものだから」

入ってきた客がいうのが聞こえた。口調にはやくざっぽいところはみじんもなく、富田は想像が外れたと思った。

客の数は四、五人のようだった。主に喋っているのは二人で、あとの者はほとんど口をきかない。二人のうちのひとりが予約をした男で、もうひとりが大阪からの〝友だち〟だろうと、富田は関西弁から想像をつけた。

会話の一部始終が聞こえてきたわけではない。が、大阪の〝友だち〟が、予約をした男を「ハズミはん」と呼ぶのは、はっきりわかった。

「ハズミ?」

私は富田の顔を見つめた。

「そう、『ハズミ』と呼んでいた。やっぱりひっかかるだろう。羽澄信樹《はずみのぶき》じゃないかって」

羽澄信樹は、半年前から行方不明になっている有名な相場師だった。広域暴力団のマネーロンダリングを請け負って、百億以上の稼ぎを昨年夏までにもたらしたが、その後の世界同時不況で大穴をあけ、突然、姿を消した。暴力団に消されたという説、地検が動いたので国外に逃亡したという説、さまざまな臆測が流れ、週刊誌もその所在をつきとめようと躍起《やっき》になって追っかけた時期がある。が、まるで居場所がつかめず、秘かに消されたのだろうというのが通説になっていた。

「そのうち、客たちが席を立つ気配があった。食事が終わって帰るようだ。俺は我慢できなくなった。もし羽澄信樹なら、よくこんな田舎に隠れていられるものだ。二階の窓に近づくと、閉まっている障子を細めに開けた。ちょうど駐車場が見えるんだ」

出入口の戸が開き、こぼれでた光で止まっている二台の車が照らしだされた。一台はベンツ、一台はセンチュリーだった。そこへキミオに送られて五人の男が近づいた。

「まちがいなかった。羽澄信樹だった。ジーンズにセーターって、ラフな格好をしていたが、はっきり顔が見えた。羽澄は運転手のような男といっしょで、あとの三人がセンチュリーに乗りこんだ。そのうちのひとりは、光声会《こうせいかい》の会長だった」

光声会は、羽澄にマネーロンダリングを任せていたといわれている広域暴力団だ。会長の名や顔は週刊誌にもたびたびでている。

「光声会に消されたといわれている羽澄信樹が、その会長と飯を食っていた、と」

「ああ。だが、驚いたのはそれだけじゃなかった」

二台の車が駐車場をでていくのを、キミオは深々と頭を下げて見送った。そして家に戻ろうとしたとき、新たな車が一台やってきて、ヘッドライトがさしこんだ。

「すみませーん。予約なしなんですけど今日、大丈夫すか」

軽い口調で呼びかける声がして、新たにやってきた車から男女が降り立った。その男の顔を見たとき、富田は息を呑んだ。

一年前、富田の広告制作会社にとって大クライアントだった京都の老舗《しにせ》玩具《がんぐ》メーカーの創業者社長が自宅で焼死する、という事件があった。社長には息子がひとりいたが、典型的な馬鹿息子で、クスリと女に溺《おぼ》れ、裏社会にからめとられているという噂が絶えなかった。社長の焼死後、会社の株式の大半が裏社会に流れ、その譲渡方法をめぐって銀行筋などから裁判が起こされた。だが息子が行方をくらましたせいで、うやむやの状態がつづいている。株を手に入れた裏社会の手でかくまわれているという噂は根強くあり、裁判所の調査で国外にでていないことは確かめられていた。

キミオに声をかけ、金髪の女とともに車を降りてきたのが、その馬鹿息子だった。

キミオが首をふり、食材がなくなってしまったと断わっているのが見えた。

「なーんだ、残念。じゃあ明日、またきます。彼女がロスに帰っちゃうんで、その前にもう一回、おいしい和食を食べさせてあげようと思って」

まちがいない、と富田は確信した。馬鹿息子は白人女性に目がなく、ハワイやロスアンゼルスで高級娼婦《しょうふ》のようなモデル崩れの女たちと遊ぶのが常だったからだ。


「それからどうした？」

私は訊ねた。富田は息を吐き、首をふった。

「どうもしないさ。何も見ていない、聞こえていなかったフリをして、キミオの作ってくれた飯を食った。とんでもなくいい食材を使っていることだけはわかった。ワインも日本酒も一流の品揃えだったしな。キミオが何も訊いてくれるな、というんで、何も訊かずに泊めてもらったよ。で、翌朝、六時にはでてきた。キミオは起きて朝飯を作ってくれた上に弁当までもたせてくれた」

「口止め料か」

「ああ。だが最後の最後、俺は我慢できなくなって訊いたんだ」

「いったい、あんな連中がこの村には何人くらい住んでるんだ？」

富田の言葉にキミオの動きが止まった。

「あんな連中って？」

「世の中には死んだとか行方不明だと思われているような連中さ。誰、とはいわないが」

キミオはしばらく無言だった。が、やがて口を開いた。

「常時、十人近くがいます。そのおつきやらボディガードとかも入れると、二、三十人」

だがもっと驚いたのは、キミオの次の言葉を聞いたときだった。

「外国からきてる人もいて、うちの他にこの村にはフレンチやイタリアン、中華料理のシェフもいます。皆変わり者で、採算度外視でうまいものを作りたいって人ばかりです。宣伝も嫌い、ミシュランなんてもってのほか、みたいな」

「いったい誰がそんなに料理人を集めたんだ？」

「役場です。この村出身の成功した不動産開発業の人が引退して戻ってきたのが、もともとのきっかけだったそうです。過疎の進んでいる村を、何とか立て直そうと、自分で村長に立候補して当選すると、役場に知り合いを何人も入れ、村の経営方針を立てたんです」

「経営方針？」

「この村の売りは何か。まずよそ者が入ってこないことです。幹線道路からも、観光地や渓流の釣り場からも離れている。人目につきたくない人にはぴったりのロケーションだ。ここをそういう人たちのための一時的な避難場所にしてはどうか、と。ただし莫大《ばくだい》な滞在費を払える人に限り、不便を感じないよう、インターネットの便や食事をする店など、ある種のインフラは整備する。そして必要とするなら、村を本籍地に、まったく新しい戸籍も作ります。何千万というお金がかかりますが」

　富田はあぜんとした。

「よくそんなことを考えついたもんだな」

「村長の知り合いにその筋の大物がいて、命を狙われていた昔、海外に逃げて食事や何かですごく苦労した、と。いくら金があっても、それだけはどうにもならなかったと聞いて思いついたらしいです。日本で、日本の気候や自然の中で、日本のテレビとかも見られながら、半年、一年を静かに暮らせて、おいしいものも食べられ、マスコミとかに知られない場所があったら、きっとくる人はいる、と。汚職でクビになった高級官僚とかもきましたし、犯罪を起こした元芸能人もいます。たいてい半年から一年単位ででていきますが、その人たちのための家は常に予約で埋まってます。ここでは、互いに知らぬふりをするのが礼儀で、世間に戻ってもどこにいたのかは決して話してはいけないというルールもあります。もし破ったら、この村のケツモチをしている組関係に制裁されるという噂もあるんで、誰も喋りません」

「村のケツモチが組関係だと」

「ええ。村全体が、一種の旅館のようなものなんです。昔からいた住人はお年寄りばかりで、よく事情がわかっていないか、いても、前より村がにぎやかになって、公共サービスがよくなるならと文句をいいませんし」

「公共サービスって何だ？」

「生活必需品の無料配給です。食品やら衣料品は、役場が無料で提供しているんです。家のどこかが壊れれば、すぐ修繕《しゅうぜん》の業者がきて直しますし」

限界集落といわれ、五十人を切っていた村の人口は、現在三百人近くあるという。そのうちの二百名以上が、この村を運営する職員なのだ。

平穏の静謐《せいひつ》の代償がいったいいくらなのか、キミオも知らないようだった。だが億近くの金をぽんとだせるような人間でなければこられないのは確かなようだ。

「だがいつまでもそんな秘密の村の存在が知られないでいるとは思えないな」

私は息を吐いた。

「俺もそう思う。第一、キミオだって一生、そこでやっていけるわけじゃないだろう。ただ仕入れに関しちゃ金に糸目をつけずにやれるんで楽だ、とはいっていた。店の箱はすべて村が用意してくれたらしい。もしキミオがやめれば、居抜《いぬ》きでそっくり次の板前に渡さなけりゃならないらしいが。キミオも村の職員なんだ。客の入りに応じて、給料をもらえるらしい」

「途中から、そんな場所じゃないのかとは思っていたが、本当とはな」

「一種の自治体ビジネスなのだろうな。ま、自治体でもなけりゃ、絶対に成立しないが」

私は頷いた。

「そうだな。たとえば別荘地みたいなところに、ワケありの人間をかくまうくらいは民間でもできるが、新たな戸籍まで作ってやるとなると不可能だ」

「そしてそれが収入になって住民サービスに還元されるわけだろう。犯罪といえば犯罪だが、よく思いついたものだと思うぞ。どうだ、おもしろかったか」

富田はいった。

「ああ、だがネタにはできないな」

私は憮然《ぶぜん》としていた。もし書けば、キミオや富田の身に累《るい》が及びかねない。おおかたの読者は作り話だと思うだろうが、村の関係者だけは、実在のモデルがあることを知っている。

「やはりそうか。お前がどう思うかを訊いてみたかった」

「マスコミ関係には話さないほうがいいだろう。実際の位置を知っているお前に、マズいことが起こるかもしれん」

私の言葉に富田は首を傾げた。が、何もいおうとはしなかった。

半年後、富田の会社が倒産したという噂を聞いた。携帯も自宅も電話がつながらず、負債をかかえた富田の行方は不明となった。倒産直前、富田は粉飾決算書を使って二億の融資をひきだしていたことが判明した。

私は、日本海への旅行を計画している。

イパネマの娘

幸福をもたらす組み合わせというやつがある。たとえば、ビールと枝豆、プロ野球中継と冷奴《ひややっこ》、木枯しと中華そば。美女と水割り、ジャズと葉巻などという、俗ではあるが捨てがたい組み合わせもあったりする。

日常的に存在するものだが、確実に幸福を得るには、何がしかの条件が必要だ。ビールと枝豆は夏の日の夕方であってほしいし、ジャズと葉巻に、蘊蓄《うんちく》はいらない。

たいていの場合、幸福が長くつづくことはまれで、せいぜい三十分、最大数時間といったところだろう。だがそのわずかな時間が、明日もまたがんばってみるかという気にさせてくれる。

現在のところ、私にとって幸福をもたらす最強の組み合わせは、マッサージとボサノバである。一日のノルマを終え、仕事場からサンダルばきでいける「いやし庵《あん》」というマッサージ店で、「イトウちゃん」を指名し、九十分間、首、肩、腰をたっぷりほぐしてもらう時間がそれにあたる。

「いやし庵」では季節に関係なく、ＢＧＭにボサノバが流れている。力強くも繊細なイトウちゃんの指先に身をゆだね、アストラッド・ジルベルトの歌声に耳を傾けていると、「羽化登仙《うかとうせん》」の心地よさとはこのことにちがいないと確信して眠りに落ちるのだ。

つかのまではあるが、これほど熟睡できる時間はまれで、もちろんそのためには原稿がほどよくはかどっているのが必要条件だ。締切りが近いのに枚数が残っていたり、先のストーリー展開に迷いが生じたりしていては、そうはならない。

その日、月刊誌連載の一日分のノルマを書きあげ、私は「いやし庵」に電話を入れた。

平日の午後六時を過ぎると「いやし庵」は一気に混み始める。腕がよいので人気のイトウちゃんは、下手《へた》をすると午後十時過ぎまで指名が埋まっていたりする。なのでイトウちゃんの施術をうけるには、午後五時までに仕事を終えなければならない。

「はい『いやし庵』です」

はきはきとした声で応答したのは、まさにそのイトウちゃんだった。すぐの予約がとれ、私はTシャツにショートパンツといういでたちで仕事場をでた。

料金を先払いし、カーテンで仕切られた施術台に体を横たえる。

「今日はどこが?」

訊ねるイトウちゃんに、

「いつもと同じ。肩、首、腰」

と、私は答えた。腰痛と肩こりは小説家の職業病だといった知人がいたが、幸いなことに私の腰痛はそれほどでもない。

「了解です。いつものように力加減はどんどんおっしゃって下さい」

イトウちゃんはいって、くりくりと瞳を動かした。推定年齢は二十八歳、ぽっちゃりとして色が白く、おかっぱ頭にいつもナイキのスポーツウエアを着けている。

マッサージは、技術の良否も重要だが「指の相性」が大きい。Aさんのツボにはぴったり入るのに、Bさんには微妙に合わない、ということがあるのがマッサージだ。だからどの店でもこの人はいいというマッサージ師にあたったら、必ず名前を訊《き》いて、次回からは指名することにしている。

初めのうちは他愛のない世間話を交《かわ》しているが、やがて私が眠りに落ち、会話は途切れる。それがおそらく三、四十分ほどつづき、終了時刻の十分前くらいに、自然に目覚める。

　このときの充実感は何ものにもかえがたい。寿命が延びる、という言葉があるが、まさにそんな気分で眠りから浮上してくる感覚だ。

　BGMのボサノバが再び聞こえてきて、気分は極上のリゾートだが、その終わりが近づいていることもまた意識させられる。

　その日はちがった。じょじょに覚醒《かくせい》してきた耳に、日本語の歌が流れこんできた。日本語のボサノバで、曲はだが、「イパネマの娘」や「コンスタント・レイン」といったスタンダードナンバーばかりだ。歌っているのは女性だ。

　日本語で歌われているボサノバの名曲だ、と気づいたとたんに目が覚めた。

「いやし庵」のBGMは有線放送ではなく、店長が音源を用意していると聞いたことがある。店長というのは、自らも施術する、大柄でヒゲを生やした四十くらいの男性だ。

「BGMがかわったね」

「あ、気づきました？　きのうから新しい曲が増えたんです」

　イトウちゃんが答えた。私は再び目を閉じ、流れているBGMに気持を集中した。

「イパネマの娘」や「コンスタント・レイン」、「コルコヴァード」といった名曲は、英語やポルトガル語に堪能《たんのう》でない人々でも、何度も聞くうちに歌詞を覚えているものだ。

「トールアンドタンアンドヤングアンドラブリィ」というフレーズで始まる「イパネマの娘」のイントロダクション、「ショヴィシューヴァ・コンスタントイズザレイン」の哀《かな》しげな始まりかた、「クワイエットナイツオブクワイエットスターズ……」というシナトラの歌声を耳にしたことのない人はあまりいないだろう。

そうした名曲中の名曲を日本語で歌うという挑戦は、原曲に対する人々の愛着や思い出を壊してしまいかねない危険をはらんでいる。

ロックの名曲を日本語に直訳して歌ったミュージシャンは何人かいたが、ボサノバのスタンダードを日本語に完訳して歌ったミュージシャンを、私はひとりしか知らなかった。多くの人の支持を得ることもなく、アルバムを二枚だしただけで消えてしまった。時期は一九八〇年代の半ばで、アルバムはCDではなくLP、つまりレコードだった。バブルに向かっていた世の中は明るく、豪華で洗練されていることに価値があると、多くの人が信じていた。

その二枚のLPを、私はもっていた。カセットテープに落とし、カーステレオで何度も何度も、テープがのびてしまうまで聞いたものだ。

完全に目が覚めた。あのレコードはどこにいっただろう。捨ててはいない。いないが、仕事場の引っ越しのとき、段ボールに入れ、どこかにしまいこんだ。それがどこかはわからない。古いレコードだけではなく、写真アルバムや記念品のようなガラクタもいっしょだった筈だ。

いつのまにかもっていたことすら忘れていた。当然だ。忘れようと私自身が思っていたからだ。

忘れるように自分をしむけていた。

「はい、起きてすわって下さい」

イトウちゃんにうながされ、私は体を起こした。ストレッチをして、筋肉を刺激し、マッサージは終了した。

「お疲れさまでしたあ」

「いやいや、そっちこそお疲れさま。ありがとう」

施術台を降り、カーテンをくぐった。入口にある受付に、店長がいた。

「あ、センセイ、お疲れさまでーす」

BGMは「おいしい水」にかわっていた。まちがいない。彼女のファーストアルバムだ。リリースは一九八五年。

「シズクだね」

私がいうと、店長は怪訝《けげん》な表情を浮かべた。

「秋山雫《あきやましずく》」

「え、誰です？」

「今流れている、この曲さ」

「そうなんですか」

「店長、知らないの？」

「お客さまから音源をいただいたんです。『店長、ボサノバ好きなら、こんなのあるよ』って。歌手の名前は聞いていなくて」

「秋山雫っていうんだ、歌っているのは」

「そうなんですか。かなり前の方らしいですね。三十年以上前だって、そのお客さまもいってらしたのですが」

「一九八五年だよ」

私はデビューしてまだ数年しかたっておらず、二十代だった。

「そんなに前ですか。僕が八歳のときだ」

「わたし生まれてない」

うしろにいたイトウちゃんがいった。

「そのお客さんは、俺と同世代くらい？」

店長とイトウちゃんは目を見交した。

「いや、若い人です。三十くらいかな」

「じゃあ、どうしてこんな古いアルバムを知ってるんだろう」

「どうしてでしょうね。今度、おみえになったら訊いておきます」

「よろしくね」

「ありがとうございました」

二人の声に送られて「いやし庵」をでた。

幸福な組み合わせの時間の帰り道が、落ちつかない気分にかわっていた。

あのレコードはどこだろう。クローゼットか、それとも古い掲載誌をしまいこんだ段ボールの山のどこか、か。

夕暮れになり、ツクツクボウシの鳴き声が虫の音にかわり始めている。二ヵ月前、この時刻はカンカン照りだった。季節の移ろいが、そのまま自分の人生に重なり、ため息がでた。

仕事場に戻り、私はクローゼットやキャビネットをかき回した。秋山雫のレコードを探したのだ。聞きたかったのだ。

だが不意に、それはかなわないことに気づいた。レコードプレイヤーがない。前の前の仕事場を引っ越すときに処分してしまった。

私はほぼ十年周期で仕事場を引っ越している。距離でいえば二キロと離れていない範囲で動き、港《みなと》区内で、今が四ヵ所めの仕事場だ。

リビングに腰をおろし、缶ビールを開けた。喉が渇いていた。目の前のテーブルにノートパソコンがある。それを開き、「秋山雫」を検索したい誘惑と戦った。あるいはユーチューブに、彼女の歌がアップされているかもしれない。

わかっている。アップされてはいない。調べものにパソコンを使うようになってまだ五年足らずだが、酔った指で、彼女の名を検索したことがある。

だが何もひっかからなかった。今もかわらないだろう。

意識して忘れようと決め、記憶の底に押しこめてきたその名前が、十年おきくらいにふと思い浮かぶ。たいていの場合、思いだしてもすぐ忘れてしまう。検索したのは、よほど暇で、よほど酔っていたからだ。

だがわかっていた。何もヒットしなくても、それは彼女がただの人になったからではない。

そんなことは決して起きない。

彼女とはサイン会で会った。私のサイン会ではなかった。

小説家がサイン会をおこなうのは、新刊の単行本が発売されたときが多い。書店への集客と宣伝を兼ね、新聞広告でサイン会の実施が告知される。会場となる書店で該当する本を購入した人に整理券が配られる。サイン会当日に、その整理券と本を携えて書店を訪れてもらう。

サイン会は通常一時間で、五十から百といった数の本にサインを入れる。たいていは「ためがき」といって、お客さんの名前も書き、求められれば日付も書く。書店にとっては売り上げがたつ上、集客効果も大きい。

サイン会をしていれば、その作家に興味のないお客さんも足をとめるし、場合によっては記念に買ってくれることもある。それがきっかけでファンにかわるかもしれない。

サイン会をしてもギャラはない。自分の本を売るためのものだから、当然だ。

とはいえ、集客力の低い作家にサイン会の話はこない。少数でも熱心なファンがいるか、誰もが知るような高名な作家でなければ、わざわざサイン会にあわせて来店する人は少ない。

一九八四年、私にとっては「生みの親」にあたる作家のサイン会が、渋谷の書店であった。その人が選考委員のひとりをつとめる新人賞を受賞し、私はデビューしたのだ。まだ二十代の半ばで、二冊ほど本をだしてはいたが、話題にもならず、まったく売れていなかった。

だが私は念願の「作家」になれ、幸福だった。自分の名や作品が活字になることを十代のときから夢見て、それがかない、さらに自著が書店に並ぶようになったばかりだったからだ。

無名の新人の本の初版部数などほんのわずかで、書店の平台《ひらだい》におかれることはほとんどなく、たまに目立つ位置にあっても三日とそれはつづかなかった。

「お前の本、買いにいったけど、本屋になかった」

当時、よく友人にいわれた言葉だ。出版直後ならともかく、半月もすれば売れない新人の本は返品されるか、バックヤードにしまいこまれてしまう。

「本当に作家になったのかよ」

からかわれたが、私は平気だった。スタートしたばかりなのだ。自分には可能性があると信じていた。根拠は何ひとつなく、強《し》いていえば若さだけだった。

だからサイン会などした経験はなかった。それがどんな催《もよお》しなのかすら知らなかった。

そこで、「生みの親」である大先輩作家のサイン会にいくことにしたのだ。もちろん本も買い、行列にも並ぶ。

大先輩とは一度だけ、新人賞の授賞式がわりの食事会で会っていた。「ハードボイルドを地でいっている」といわれたその人に、私は中学生時代から憧《あこが》れ、ファンレターを送り、さらに返事さえもらっていた。

だがそれを食事の場で告げると、

「ありえんな。俺はファンレターに返事は書かない」

といわれ、呆然《ぼうぜん》とした。単に忘れてしまっていたか、その場にいた他の選考委員や編集者の手前、認めたくなかったのか。

おそらくは、ただ忘れていただけだろう。

だが、大先輩が自分に気づいてくれ、サイン会場のお客さんに、

「彼は最近、売りだしの作家でね」

などと紹介してくれるのではないかという、甘い幻想を抱いていたのも確かだ。

サイン会の開始時刻である午後六時に書店に足を踏み入れた私は目をみはった。すでに五十人を越す行列が、まだ主《あるじ》のいないデスクの前に並んでいる。大先輩の人気シリーズの最新刊で、当時は今の二倍から三倍は小説が売れていた。売り切れてしまっているのでは、と不安になったが、さすがにそういうことはなく、本を買えた私は行列に加わった。

やがて大先輩が現われ、行列からは拍手がわいた。そのときは、私のうしろにも二十人以上が並んでいた。

そこにひときわ目を惹《ひ》く女性がいた。

今でもその情景を覚えている。ストレートのロングヘアでワンピースに身を包み、ただ立っているだけで優美な空気を漂わせていた。

整った顔立ちで、肌は浅黒い。典型的な美人というわけではないが、街ではめったに見かけない、エキゾチックな雰囲気があった。

たたずまいが只者《ただもの》ではない、と思った。

サイン会が始まり、行列が縮まりだしても、私はその女性のことが気になってしかたがなかった。

あんなに素敵なファンがいるのか。憧れの大先輩に、嫉妬《しっと》すら覚えた。まさか恋人ではあるまいな。

離婚し、独身の大先輩なら、充分ありうる。

どこで出会ったのだろう。まだ自分は足を踏み入れたことのない、銀座の文壇バーだろうか。それとも大先輩原作の映画やテレビドラマの出演者か。

やがて私の番がきた。「ためがき」用に、名前を書いた紙片をさしだす。

気づいてくれたのは、大先輩のかたわらに立つ編集者だった。おや、という表情で私を見つめ、

「もしかすると――？」

と訊ねた。

「はい」

私は頷いた。

「新人賞の方です」

編集者が告げた。そのときはもう、大先輩の手は、私の名とサインを書き終えていた。

つまり、まるで気づいていなかったのだ。

「ん？」

大先輩は顔を上げ、つかのま私を見ると、

「おう」

と顔をほころばせた。

「きてくれたのか」

「あ、はい。このシリーズ、大好きなので」

私は一ファンとしか聞こえない言葉を口走った。

「ありがとう」

大先輩は右手をさしだした。その手を初めて握り、中指にある巨大なペンだこに驚いた。

これが本物の作家の手なんだ、と思った。

次の瞬間、大先輩の手はペンをとり、私のうしろに並ぶ人の名を書き始めていた。

居場所を失った私は、その場を離れた。

未練がましくとどまっているとは思われたくなく、しかし行列の美女が気になってしかたがなかった私は、大先輩の背後にある書棚のかげから、ようすをうかがった。

やがて彼女の番がきた。

大先輩はあたり前のようにサインをし、

「お父さんはお元気？」

と訊ねた。

「はい。本当は今日は日本に戻ってきている予定だったのですけど、何か向こうで仕事ができてしまったみたいで、かわりにわたしが参りました」

彼女が答える声が聞こえた。

「そう。よろしく伝えて下さい」

「はい。先生もお元気で」

やりとりから、彼女は大先輩の知人の娘であるというのが想像できた。

優雅に腰をかがめ、サイン本をうけとった彼女と目が合った。彼女が小首を傾《かし》げ、私は狼狽《ろうばい》した。のぞき見をしていたのを気づかれてしまった。

彼女がまっすぐ、歩みよってきた。私はうつむいた。恥ずかしさに目を合わせられない。

これが他の場所だったら、学生時代のようにナンパしようと考えたかもしれない。が、ここは作家にとって神聖な書店で、しかも大先輩の知人のお嬢さんだ。気安く声などかけられない。

「あの、○○先生ですか」

彼女が私の名を口にした。なぜ、この美人が私の名前を知っているのだ。私は目をみはった。

「そうですが……」

彼女はにっこりと笑った。「にっこり」という表現がこれほどぴったりくる笑顔はないな、と思わず見とれた。

「やっぱり。父の本棚にあった本に写真がでていたので」

いわれて気づいた。私がだしていた本は、どちらも同じ出版社の新書で、背表紙に著者の顔写真が刷られていた。裏表紙に著者近影と作品紹介が入るのはよくあるが、背表紙というのは珍しい。書棚にささっていても、丸い顔写真が並んでいるので、すぐにその社の本だとわかる。

「あ、あの、恥ずかしい写真」

私はつぶやいた。顔に自信があったわけではないが、背表紙に刷られた写真は、粒子が粗《あら》いこともあって、とうてい魅力的とはいえなかった。

「そう。あの写真」

答えて、彼女は笑い声をたてた。

「わたしも思いました。こんな写真なら、入れなけりゃいいのにって」

ずいぶんはっきりいう。

「でも、父が、『この人はお前と同じ年だが才能があるぞ』といっていたので、覚えていたんです」

「読んでくれたのですか」

こみあげた喜びは、彼女が首をふったのでたちまちしぼんだ。

「ごめんなさい。わたし、ハードボイルドって苦手で」

「えっと僕のは、そういうカチコチのものじゃないんで、女の人でも読みやすいと思います」

「そうなんですね。じゃあ、読んでみようかな」

「ぜひ！」

「あのう――」

声に私たちはふりかえった。大先輩の横にいた編集者だった。

「サイン会が終わったので、お茶でも飲もうかということになったのですが、よかったらお二人もお誘いしなさいと先生がおっしゃっているのですが」

私は思わず彼女を見た。何という僥倖《ぎょうこう》だろう。大先輩に誘われたことより、彼女ともう少しいっしょにいられる喜びに胸が高鳴った。

「わたしは大丈夫です」

彼女が頷いた。

「もちろん、僕も」

私はいった。

書店の入ったビルの最上階にある喫茶室の隅に、席が用意されていた。

そこでのやりとりはあまり覚えていない。大先輩が同席していては、べらべら喋るわけにもいかず、もっぱら彼女と大先輩のやりとりを聞くばかりだった。

ただひとつ、彼女が大先輩と同じく私を先生付けしたときだけは、やめて下さいといった。同列に呼ばれるのは、おこがましい。

二人のやりとりから、彼女の父親が年の半分をブラジルで暮らしていることを知った。大先輩がブラジルを舞台にした作品を書くために取材した折り、協力したのが、読書家の父親だったようだ。

「まだあの頃はかわいいお嬢さんだったが、すっかり大人だね」

彼女も十歳までブラジルにいたそうだ。その後は、日本に住む、離婚した母親のもとに移った。

「両親とも、日本の学校をでなけりゃ駄目《だめ》だというものですから」

少し不満げに口を尖《とが》らせたのを覚えている。

ブラジルと聞いてすぐに、私の頭では「イパネマの娘」が流れはじめた。「すらりとして日焼けした、若くてきれいな女の子」というでだしは、まさに彼女にぴったりだ。

彼女の名が秋山雫というのも、そのとき知った。そして今は銀座の画廊でアルバイトをしている、と教えられた。

三十分ほどお茶を飲んで喫茶室をでたが、帰りのエレベータの中で、私たちは電話番号を交換した。

携帯電話もメールもない時代だ。互いの自宅の番号だった。

一週間後、私は電話をかけ、彼女を誘った。

映画を観た。何を観たのかも覚えている。ダイアン・レイン主演の「ストリート・オブ・ファイヤー」だ。そのあと六本木のイタリア料理店で食事をしながら、彼女が音楽活動をしていることを教えられた。

「ボサノバを日本語で歌っているんです」

「オリジナルの曲を？」

「いえ。スタンダードです。『イパネマの娘』や『フライ・ミー・トゥ・ザ・ムーン』とか。有名な曲ばかりなんですけど、意外と皆、歌の意味を知らない。だから訳してメロディに合うような歌詞をつけているんです」

「そういえば、君に初めて会ったとき、ブラジルと聞いて、ずっと頭の中で『イパネマの娘』が鳴ってた」

彼女は嬉しそうな顔をした。そして小声で歌ってみせた。

「のっぽでまっ黒、若くてかわいい女の子。イパネマからきた彼女に皆《み》んな夢中」

「すごくかっこいい」

私はうっとりとした。

「来月、ライブをやるの。小さなお店だけど。きてくれます？」

「必ずいくよ」

その日は食事だけで別れた。私は毎日彼女のことを考えた。

ライブの前にもう一度会った。彼女に知恵を貸してほしい、といわれたのだ。

「おいしい水」の訳詞で、ぴったりくる言葉が思い浮かばず、苦労している。原曲はポルトガル語なのだが、「アグア・デュ・ベベ《飲み水》」のあとにつづく「カマラ」という言葉をどう訳そうか悩んでいる、というのだ。

食事をし、当時やたらにはやっていた、カフェバーにいった。

彼女によると「カマラ」というのは、「友よ」とか「兄弟!」という意味のかけ声らしいのだが、日本語にすると歌の雰囲気を壊してしまいそうで使いたくない、有名なサビなので、その部分だけをポルトガル語で歌うことも考えているが、それでは自分の目標から逃げたようでくやしい。

「あなた」

私はいった。思いつきだった。

「え?」

「あ・な・た」

彼女の顔がぱっと輝いた。

「そうだ。ぴったりくる。どうして思いつかなかったのだろう」

「君はポルトガル語、英語、日本語とボキャブラリイが多い。俺には日本語しかない。だから簡単な言葉しか思い浮かばない」

答えると、彼女は私を見つめた。

「あれから、あなたの本を読んだ。ロマンチストなんですね」

「ええと、それは内緒だ」

彼女は小首を傾げ、微笑を浮かべた。

「その仕草も駄目」

「え？」

「その、首を傾げて微笑みを浮かべて見つめる奴。何か大切なことを忘れてる、思いだしなさい、といわれているような気がする」

彼女の目がまん丸になった。

「そうなの？」

「何も忘れてはいない、と思う。でも諭《さと》されているような、自分がひどく未熟な子供になったみたいな気分になる」

「わたし、生意気ね」

私は首をふった。生意気どころか、大好きだといいたかった。

ライブは、成功したとはいえなかった。何より客が少なく、その大半が彼女の知り合いばかりで、長いつきあいがあるらしい男女に混じった私は肩身が狭かった。

作家だという彼女の紹介に、皆、一度は興味を抱くが、作品名にまるで心当たりがないと、困惑したように口をつぐんでしまう。

だが彼女の歌はのびやかで、聞いているだけで物語を作れるような気がしたものだ。

もちろん錯覚だ。歌から物語を作ろうとすれば、歌詞にひきずられてしまう。作れたとしても、とうていそれは独自性がある物語とはいえない。

作家としては未熟だったが、そのくらいのことはわかった。そして、自分にはとても太刀打ちできない女性だ、と気づいた。

魅力的すぎる。本気に好きになりかけていて、このままだと夢中になってしまう。容姿も才能も、すべて私には釣り合わない。

つかのま恋愛になったとしても、必ず、私が捨てられる。彼女を満足させられる恋人に、自分はなれない。

もう少し、世間が私を作家として認めてくれていたら、ちがったかもしれない。作品が映画やドラマになっていて、

「ああ、あの――」

といわれるようであれば、とそのときは思った。そんなものは何ひとつ私の未来を担保するものではないが、言葉だけで自分を売りこむよりはましだった。私の作品に強い感銘をうけたようすがないのも、自信をもてなかった理由だ。

始まったばかりか、まだこれからという段階の恋愛で、こんなにも弱気になったのは初めてだった。だが私の防衛本能が、本気で惚《ほ》れたら、ひどい失恋をすると告げて

いた。

それまでも失恋の経験はあった。二十歳の頃は、ブティックの前を通るだけで涙がでそうになるくらいの失恋をした。横浜の元町《もとまち》に十年、足を踏み入れなかったのも、その思い出から逃げるためだ。

だが、彼女にはそれ以上の痛手をこうむりそうな予感があった。何より、自分をふさわしくないと感じている以上、みじめになるのは目に見えている。

大好きだった。すでに愛していたといってよかった。だが、私は逃げた。

生意気で鼻柱《はなっぱしら》が強く、人に畏《おそ》れをなしたことなどない私が、唯一《ゆいいつ》、会うのを避けようと決めたのが彼女だった。

三十年以上がたち、今思い返しても、やはりあのときの自分は、彼女にふさわしくなかったと思う。

あのとき？　いや、今でもそうだ。多少名が売れ、文学賞もいくつかもらったが、それでも彼女の相手としてはふさわしくない。

その後、私は彼女を避けた。電話をもらっても、仕事が忙しいといいわけして、もっと気軽に遊べる女たちとばかり会っていた。

彼女を傷つけたかもしれない。だがそれはほんのかすり傷で、真剣につきあったら私が受けたであろう深手に比べれば、たいしたことはない、と勝手な理屈をつけた。会えないという私の嘘に、残念そうではあっても、責めるような言葉を口にしないのも、かすり傷だと自分を納得させる理由になった。

それが彼女の思いやりだと気づけないほど、私は未熟で、傲慢《ごうまん》だった。

やがて電話の回数が減り、まるでかかってこなくなった頃、私は訪れたレコード店で流れている彼女の歌を聞いた。

リリースされたばかりの初アルバムだった。

矢も盾もたまらず、買った。ジャケットに印刷されたその姿を指先で愛しんだ。「おいしい水」も収録されていた。「カマラ」のパートを「あなた」と彼女が歌っているのを知ったときは、胸をかきむしられた。この「あなた」は、俺のことだ。

電話をかけよう、自分の弱さを告白しよう、レコードを聞きながら、何度そう決心しかけたことか。

だがそれをしてしまったら、自分はもっと卑怯者《ひきょうもの》になる、と思った。そんな真似をして、たとえ一瞬でも、彼女の心を引き戻せたとしても――きっとそれはないとわかっていたが――、私にはハードボイルドを書く資格がなくなる。

それは彼女に憎まれるより避けたい事態だった。

「自分を嫌いになるような真似だけはしないんだ」

自身を投影した若い探偵に当時語らせていたセリフだ。

大人の渋みや男の生きかたを語るのがハードボイルドだと思われていた時代に、二十代の作者が張りあえるものは、そのていどしかなかった。そしてそれを、現実においても守らなければならないと信じていた。

今思う。いったい彼女には、どんな男がふさわしかったのだろう、と。

富や地位は、私にいわせれば最低条件だ。

やさしく、感受性が豊かで、彼女の才能を理解し、とことん支援できるような人物でなければならない。

強いていうなら、本物の王子さまだ。現実的な苦労など、決してさせない男であってほしい。

もちろん、そんな男などいない。男女がいっしょになるという行為は、きれいもきたないも、すべて受けいれることだ。

彼女だって天使ではない。天使と王子の組み合わせなどありえない。

それでも、私は自分がふさわしくなかったと思う。

その後、何人かの女性と恋愛をし、結婚もした。彼女と私は同い年で、似たような人生を歩んでいれば、彼女にも子供がいて、もしかすると孫もいるかもしれない。

彼女が母親でおばあちゃんになっている。

とても想像がつかない。

いつまでも、私の中で彼女は「イパネマの娘」なのだった。

四日後、月刊誌連載の原稿が片づいた私は「いやし庵」を訪れた。イトウちゃんを指名したかったが、その日は休みで、かわりに店長に施術してもらうことになった。

今日もボサノバが流れているが、別の歌手だ。

「そういえば、先日かけていた音源を下さったお客さまが、きのうおみえになったんです」

「訊いてくれた？」

「はい。ご存じのお客さまがいらしたというと、すごく驚かれていました。ほとんど売れなかったレコードなのに、よく知ってる、と」

「その人はなぜ秋山雫を知ってたのだって？」

半ば予感しながら、私は訊ねた。

「ご親戚なのだそうです。その方も実はミュージシャンで、ギタリストなのですが、子供の頃すごく影響された叔母《おば》さんだ、と。音楽のことをいろいろ教えてくれたとおっしゃっていました」

私は息を吐いた。

「どうしました？　センセイ、今背中にすごく力が入ってましたけど」

「息子だと思ってたんだ」

「え？　ああ、そのお客さまが、ですか。息子じゃなくて甥《おい》です」

で、その叔母さんは今どうしているのだって？　なにげなく切りだしたい言葉が、でなかった。

話はそれで終わってしまった。店長が私の肩と首に全力を注いだからだ。

やがて眠りに落ちた。

目覚めたとき、自分の脳天気に苦笑した。思い出にあんなに身悶《みもだ》えしたくせに、マッサージひとつで眠りこむ自分がいる。

これも現実だ。

私が目覚めたのを悟った店長がいった。

「さっき寝てました？」

「うん」

「そっか。叔母さんが今どうしてるかって話をしたのですけど」

「え、そうだったの？」

「ブラジルにお住まいだそうです。結婚されてお孫さんもいて、教会とかで今もミニコンサートを開いてらっしゃるそうです」

「そうか。ブラジル出身だったものな」

「よくご存じですね」

「ファンだったんだ」

「ファンといえば、そのお客さま、センセイのファンですよ。前に、センセイの本をもっているのを見ました」

「珍しい人だな」

「きのう、いおうかどうしようか悩んだんです。秋山雫のことを知ってるお客さまがセンセイだって。でも、センセイに確認してからいおうと思って、いいませんでした。はい、じゃあ起きて下さい」

　ストレッチをうけ、私は施術台を降りた。

「どうでした？　イトウちゃんには勝てないかな」

「いや、気持よかった。ありがとう」

「よかった」

「いわなくていい」

「え？」

「その読者の人に、俺だったたって話」

「わかりました。喜ばれるかな、と思ったのですけど」

私は首をふった。

自分を嫌いになるような真似だけはしないんだ――ふとそのフレーズが口をつきそうになった。気づくと、アストラッド・ジルベルトの「イパネマの娘」が流れている。

笑いがこみあげた。何をカッコつけてんだよ。心の中で自分に告げ、私は「いやし庵」をでていった。

大金

旅行嫌いの私が、一泊とはいえ講演旅行をひきうけたのにはわけがあった。そこは北関東の街で無理をすれば日帰りできなくはない土地だった。新幹線は通っていないが、在来線の上り特急の最終が午後八時四十分に発車する。講演は八時までなので、終了後駅に駆けつければ間に合う。会場は市立図書館。館長がかわったのを機に、月に一度、作家や評論家を招いて「文学の夕べ」とやらを開いていると、依頼の手紙には書かれていた。

「文学」とはおよそ縁のない推理小説を書いている私に白羽《しらは》の矢が立ったのは、なぜかその図書館では、作品の回転率が高いからだという。

図書館で人気があると聞いて、私は複雑な気分になった。あたり前の話だが、図書館で何十、何百という人たちに読まれても、作者に入る金は、その図書館が購入した本の印税分でしかない。一冊の本が五十人、百人に読まれても、入る印税は一冊分だ。

　もし図書館に本がなければ、そのうちの何割かは書店で買ってくれた筈で、たとえそれが五人でも、五冊は売れたと計算できる。だが図書館で私の本を読んで「おもしろい」と思った人が、その後書店で私の本を買うようになる可能性も皆無ではないわけで、図書館で人気があるのは喜ぶべきかもしれない。

とはいえ、図書館で回転率が高いのは、書店でも売れ行きのよいベストセラー作家の本であることが普通だ。

同じ推理作家でもH氏やM嬢の本になると、百人待ち二百人待ちの予約が入るという。それを聞いたとき、私は耳を疑った。百人が読み終えるのを待つ順番となれば、一年、もしかすると二年かかる。

　年単位で待っても読みたいというのが理解できない。一年も待つくらいなら、買うかあきらめる。しかし、図書館で借りて本を読む習慣をもつ人は、まず書店では本を買わないのだ、と教えられた。

　雑誌は買うこともあるようだが、単行本、特に文芸書は決して買わない。発売後一年たってからようやく順番が回ってきても、その人にとっては「新刊」なのだ。なぜかといえば、予約し順番待ちをして、図書館でベストセラーや話題作を借りて読む習慣のある人は、常に世の中と時間差をおく形でそれらの本を手にしている。一昨年にでた本を去年読み、去年の本は今年読む。順番に読む本が手に入る限り、待ったという意識をもたないですむ。

その心理を理解したとき、私は実家でいっしょに住んでいた伯母《おば》を思いだした。伯母は映画、特に洋画が好きだった。だが映画館に足を運んだことはなく、毎日、新聞のテレビ欄を眺め、

「あら、今日はあれをやるのね。見なくっちゃ」

などといっていた。その頃はもちろん衛星放送は存在せず、地上波で放映される洋画といえば、最短でも封切りから二年近くはたっていた。映画館に足を運ぶようになっていた私は、コマーシャルで分断され、放映時間に合わせて「尺《しゃく》」を詰められている、テレビの映画放映など見る気がおこらなかった。

しかし伯母にとっては、テレビ放映日が「封切り日」だった。いくら世間で話題になろうと、でかける必要もなく、チケット代もかからない、茶の間で見る映画に満足していた。

伯母がケチだったわけではない。それどころか両親に内緒で始終、私に小遣いをくれた。むしろ気前がいいほどで、五十八という歳で伯母が亡くなったとき、誰よりも

私は悲嘆に暮れた。

つまり伯母には、映画に金をつかうという習慣がなかったのだ。映画とは、テレビで無料で見るもので、それ以外の選択肢はなかった。

したがって封切り日から何年たっていようと、伯母には関係なかった。

それが発売後一年待っても、図書館で本を借りて読む人の心理に近いのだろう。

もちろん経済的な理由で、新刊書を買えないという人もいるにはちがいない。あるいは私がそうだったが、学生にはやはり単行本は手がでない。発売から三年過ぎて、文庫になったものを買っていた。

問題なのは、ベストセラー作家ならともかく、私のようにさほど売れていない人間の本が、図書館で人気がある、ということだ。

いや、ベストセラー作家だって、図書館で何百人という人に一冊の本を回し読みされるのは、複雑な気分にちがいない。

「あなたの大ファンです。図書館で借りて、全部読みました」

といわれて、双手《もろて》をあげて喜べるだろうか。少なくとも私は、喜べない。この人が全部書店で買ってくれていたらと、セコいようだが思ってしまう。

それでも、講演料という形で、その市立図書館は私にお金を支払ってくれるわけだ。ならば回転率が高いことを素直に喜ぶべきだ、と考えた。

世の中の景気が今よりはるかによかった頃は、企業も自治体も予算が潤沢《じゅんたく》だったようで、私のような人間にも年に数度は、講演の依頼がきた。嘘か誠か、歴史小説がベストセラーになった、ある大作家は、年に五百回の講演をしていたという。つまり一日二ヵ所で講演をおこなうことも多かったわけだ。

そのギャランティを暗算し、私はため息がでた。ざっと私の収入の五年から十年分だ。

大作家には、それ以外にもちろんのこと原稿料や印税も入ってくる。

つまりはそういう世界なのだ。くやしければ、ベストセラーを書け。

そうこうしているうちに世の中はかわってしまったが、何とか今でも、作家として私は暮らしている。

講演は可もなく不可もない流れで終わった。地方都市での講演は、聴衆に年配の人が多い。時間に余裕があるからだろうが、中にはとても熱心でメモ帳持参で最前列、という方もいる。

推理小説を書いている私が、そうした人生の大先輩に「お役に立てる」話などできる筈もない。初めはペンを手に身を乗りだしていた人も、やがて呆《あき》れてメモ帳を閉じ、しまいには舟をこぐという景色も珍しくなかった。

その日も、二人ほどそうした人がいたが、開演が夕刻からだったせいか、三十代、四十代の人もかなりいた。嬉しいことに私の本を持参し、サインを求めてきた人もいて、

「図書館の本じゃありませんよね」

お約束めいた冗談をいい、署名した。

現金でギャラが支払われ、懐《ふところ》が一気にあたたかくなったところで、私は予約しておいたビジネスホテルにチェックインした。

まだ時刻は九時前。講演前に楽屋でだされた弁当で、腹は足りている。

向かったのは、ＪＲの駅に近い飲み屋街だった。

三年ほど前まで、行きつけの銀座の店でよく私の相手をしてくれたサキというホステスがいた。いわゆる「係《かかり》」ではないのだが、そこは出版関係者の客が多い店で、作家はすべて「店客」ということになっていた。「店客」とは、特に担当のホステスはおらず、売り上げは店につくという意味だ。通常、クラブでは、客には「係」と呼ばれる担当がつき、その客の支払いは、「係」の売り上げになる。かわりに客の支払い

が滞《とどこお》れば、「係」は店に立て替えなければならない。

細身で歯切れのいいお喋りをするサキを、私は気に入っていた。同伴出勤も二度ほどした。

そしていよいよこれから距離を詰めようかと企《たくら》んでいるときに、父親の具合が悪くなったので、郷里に帰ると打ち明けられた。

てっきり東京出身だと思っていたら、サキは北関東の出だつた。亡くなったのか離婚したのかはわからないが、母親はおらず、身寄りはサキだけなので帰る以外にないのだという。

あるいは嘘かもしれない、と疑った。結婚したり、こっそりと他店に移りたいときなど、ホステスはよく「実家に帰る」といういいわけを使う。

しかしそれが嘘でなかったとわかったのは、去年ひょっこりと届いたメールからだった。

「父も亡くなり、おばさんになってしまって、今では地元でバーをやっています。もしこちらにおいでになるときは、センセイぜひのぞいて下さい」

もしかすると結婚生活が破綻《はたん》し、離婚して水商売に戻ったのかもしれないが、それなら尚《なお》さら好都合だ。講演を依頼してきた市立図書館は、サキのいる街にあった。

私は講演で訪れることをメールで知らせた。講演会場で演壇に立つ私を見たら、ぐっと株が上がるかもしれないという下心もあった。ましてその夜はホテル泊まりだ。妄想をふくらませていたことは認める。

が、残念なことに返信は、

「ひとりでやっている店なので、その時間は準備があってうかがえません。ごめんなさい。でもセンセイがいらして下さったら、うんとサービスします。ぜひぜひ、いらして下さい。心からお待ちしています」

だった。ふくらんだ胸が半分ほど縮んだが、それでも可能性がゼロになったわけではない。ホテルでシャワーを浴び、講演のとき以上に髪を整えて、私はでかけていった。

街の規模を考えると、飲み屋街は大きかった。袖看板を並べた雑居ビルが左右にたつ路地が全部で四本ある。

わざと電話をせず、あちこちで訊ねながらようやくサキの店にたどりついた。電話をしなかったのは、こないと思わせておいて、きてくれたと喜ばせようというセコい作戦だ。

店は三階にあり、廊下には扉が同じ間隔をおいて並んでいる。ビルの大きさを考えると、確かに小さな店のようだ。

店が混んでいないことを願いつつ、扉を押した。

「いらっしゃいませ」

半円形のカウンターの内側に着物の女がひとりいた。まん丸い顔をして、まるで老舗旅館の女将のような貫禄のある体つきをしている。

客はひとりいるだけだ。

店をまちがえた、そう思った。が、次の瞬間、

「センセイ!」

女将が声をあげた。

「嬉しい、本当にきてくれたんだ」

「あ、ああ……」

私はしかたなくカウンターの端に腰をおろした。先客は、七つあるストゥールのまん中にすわっている。小太りで、今どき珍しいダブルのスーツを着ていた。

「センセイ、ぜんぜんかわんない」

感動したようにサキはいって、私を見つめた。

「そうか?　サキは――」

「少し太った。ね？」

同意を求めるように小首を傾げた。

「少し、かな」

「少しよ。でしょ」

ぴしゃりという。私はため息を吐いた。胸がしぼむどころか、張り裂けそうだ。

「何を召しあがります？」

おしぼりと、竹の小さな籠《かご》に入った乾きもののチャームを私の前にだし、サキが訊ねた。

「まずビールをもらおうか」

「壜《びん》しかないけどいい？」

頷くと中壜がカウンターにおかれた。サキはタンブラーをふたつ並べ、

「わたしも一杯いただいちゃおう」

といった。サキのグラスに酌《しゃく》をしてやりながら私は先客をうかがった。別に気分を害しているようすもなく、水割りらしき飲物を口に運んでいる。

「乾杯」

「久しぶりだな」

歩き回ったせいか、ビールがうまい。

「講演、どうだった？　お客さんいっぱいきた？」

「まあな。図書館だから無料だし、集めてくれたんだろう」

答えると、サキは先客をふりかえった。

「コマッちゃん、こちらはね、作家の先生なの。銀座にいたとき、すごくお世話になったんだ」

「そうですか。ようこそ」

先客はいって、グラスを掲げた。私はそれに応じ、下を向いた。

「で、どんなものを書いていらっしゃるんですか」

きた、と思った。名前をいえば「ああ」といわれるような作家ではない。知られていないのがあたり前で、逆に「読んでいます」といわれようものなら、かえって対応に困ってしまう。

「推理小説だよ」

サキがいって、私の名を告げた。すると先客は、おうと答えた。

「名前は知ってる。読んだことはないけど。申しわけないです」

「いやいや。名前を知っていただいているだけで充分です」

私は首をすくめた。一杯飲んだらひきあげることにしよう。が、寝るには早すぎるし、この街で他にいく店のあてなどない。

「小松《こまつ》といいます。小さな土建屋をやっております。お見知りおきを」

先客はいって、名刺をさしだした。私もしかたなく名刺をだした。住所と名前しかない、これ以上はないというくらいシンプルな名刺だ。

小松は私の名刺を見つめ、

「うん、まちがいない。本屋で見たことのある名前だ」

と頷いた。そして私に向けて肩を倒し、

「推理小説ですよね」

確認した。

「そういったじゃない」

サキがつっこんだ。

「いやいやあ。嬉しいなあ。作家の先生とまさかサキちゃんとこで会えるとは思わなかった」

「ひどいじゃない。どういうこと」

「だって有名人だもの」

「とんでもない」

私は首をふった。小松は六十くらいだろう。ダブルのスーツを別にすれば、土建屋という割には品がいい。銀髪をていねいに七・三に分けているし、ネクタイも派手ではない。

「しかしあれですな。やっぱり作家ってのは、いろんなことに詳しくなけりゃ書けないんですよね」

覚悟した。小説家と知ると、たいていの人が向けてくる問いだ。そうした質問に答えていくと、三十分や一時間はすぐにたってしまう。あげくに、「どれくらい儲かるんですか」と訊ねられ、正直に答えて同情されたことすらある。

「いやいや、書くときにわからなければ調べるだけですよ。そんな、何もかもなんて詳しいわけがない」

「でもセンセイの本てさ、警察のこととかいっぱい書いてあるじゃない」

お世辞のつもりか、サキがよけいなことをいう。

「ほう、警察のことが。じゃ実際に刑事とかにも会ったりするんですか」

「いや、私はあまりそういうのが好きじゃないんで。マメな人は、よく取材をしていますが」

「じゃ取材しなくても書けてしまうってことだ。それはもっとすごいじゃないですか」

「ほとんどは空想です。まちがっていてもまちがってるって文句をつけてくる相手じゃありませんから」

「だったら尚さらですよ。空想で人を驚かせたり感心させるのだから、たいしたものだ」

「次、何いく？」

サキが訊ねた。ビールが空になっている。

「あ、よかったら私のボトル、飲んで下さい」

小松がおかれたウイスキーの壜を示した。

「そうね。センセイにボトル入れさせるの悪いものね」

「いや、それは悪い」

「大丈夫、大丈夫。お話を聞かせてもらうお礼ですから」

小松にいわれ断りづらくなった。嫌だといえば話さないというのと同じだ。

ウイスキーは国産の高級品だった。銀座なら四万円近く払わされる。

「水割りでいい？」

「じゃ、お言葉に甘えて」

サキが水割りのグラスを私の前においた。

「いただきます」

小松と乾杯した。

「先生、やっぱり実際に起こった事件の犯人を推理することとかあるんですか」

やがて小松が訊ねた。

「いや、それはあまり……。現実の事件というのは、小説のネタにならないんですよ」

「そうなの？」

サキがいう。

「たとえば殺人事件というのは、たいていが親しい友人とか恋人、あるいは親族の中で起こる。濃い人間関係があって初めて、殺したいほどの憎しみになることが多い。だから犯人がすぐにわかる。逆に行きずりの殺人だったりすると、殺す相手は誰でもよかったみたいな犯人だから、これはこれで小説になりにくい」

「なるほど。確かに不思議な殺人事件というのは、そうは起こらんですな」

小松が同意した。そしていった。

「殺人じゃなければどうです？」

「殺人じゃない？」

小松は意味深な表情になった。

「ときどき、妙な場所に大金が捨てられているのが見つかることがあるでしょう。竹ヤブの中に一億円あったとか、ゴミの中から何千万が見つかったとか。そういうのに限って、持ち主がでてこなかったりする。私はあれが一番不思議なんですがね。そんなでかい金、まちがえて捨てるとも思えないし、もしそうならすぐに持ち主がでてきてもおかしくない。なぜなんでしょうね」

「そうね。一年に一回くらい、そういうことってあるよね」

サキがいうと、

「実は私の知り合いの解体屋も、亡くなった身寄りのないお年寄りの家を潰していて、五百万円を見つけたことがあるんです」

小松が声をひそめた。

「それはそのお年寄りのお金じゃないの？　お年寄りって銀行に預けないっていうじゃない」

「ちがうって。お年寄りは老人ホームに入ってて、ずっと空き家になっていたんだ。

それにそんな金持でもなかった」

「そのお金どうなったの?」

「半分もらったっていっていたな。何年もかかったらしいけど」

「うらやましい!」

「先生どう思います?」

「確かにそういうことはありますね」

私が頷くと、小松はすぐに訊ねた。

「小説に書くならどういう理屈をつけますか」

「まあ、ふつうに考えるなら、やはりタンス預金ですかね。お年寄りで忘れてしまったり、隠しているのを家族にいわないまま亡くなって、処分した家族も気づかない。ゴミ処理場で見つかったら、どの家庭からでたのかわからないこともあるでしょう」

「それ、つまんなくない? じゃゴミ処理場じゃないところで見つかったのは?」

サキが身をのりだした。

「わざと捨てたというのもあるんじゃやない」

「それだけの大金をわざと捨てるというのは、ふつうは考えにくい。いらないなら寄付すればいいわけだから」

「じゃあ悪いことしてとったお金とか」

「強盗とか、犯罪で大金を手に入れて、札番号を警察に知られていたら、それはつかえない金だ。もっていたら証拠になるから捨てる、という可能性はある」

「あと政治家の裏金ですか」

小松はいった。

「裏金というか、脱税して貯めた金ということはあるかもしれません。調査が入るとわかって、もっていたら脱税がバレてしまう。莫大な追徴金をとられる上に下手《へた》をしたら刑務所に入れられるかもしれない。だからあわてて処分して、名乗りでない」

「なるほど。それなら考えられるな。さすが先生だ」

「あとは何らかの取引に使われる予定でそこにおかれていたのを、第三者が見つけてしまった」

この話がおもしろくなり始めていた。

「取引って何の？」

サキが訊ねた。

「もちろんまっとうなものじゃない。クスリとか武器とか、売買どころかもっているだけで罪になるようなもの。人目があるところでは取引できない。そこで互いに品物と現金を隠して受け渡しする。それをたまたま無関係な人間が見つけてしまった。たとえばさっきの、空き家。それは屋内からお金が見つかったのですか」

「いや。庭だっていってた。庭に小さい池があって、更地《さらち》にするってんでブルをかけていたら、密封した容器に入れたのがでてきたんです」

「その庭に誰でも入りこめるようなら、池を受け渡し場所にしていたのかもしれません」

「ヤバいね、それ」

サキがいった。

「やくざ屋さんかなにかのお金だったのじゃない？」

「そうかもしれないが、俺たちの金だとは主張できないわけだ。まして他人の家で勝手に受け渡しをしていたのだから」

「でもさ、『お前、俺の金をとりやがって』って、あとから文句つけられない？」

「つけられた人が警察に届けたら、かえってヤブヘビだ。何の金か、調べられる。五百万くらいならあきらめるだろう。もっとも池に沈めた人間は、指の一本も飛ばされるかもしれないが」

「こわっ」

私は小松を見た。

「その解体屋さんは威《おど》されたりしなかったのでしょう」

「そういうのは聞いていないな。でも――」

「でも？」

「いや。これはいっちゃいかんな」

小松は口をつぐんだ。

「何よコマッちゃん、そこまで話しておいて」

サキがいった。私も気になった。

小松は迷ったように水割りを口に運んでいたが、やがていった。

「さすが推理作家です」

そしてサキを見た。

「お前がいってたよりすごい先生だ」

それを聞いて、私は気づいた。サキは小松に、今夜私がくるかもしれないと話していたのだ。

「私がくることを聞いていたんですか」

「ええ。ここに今日きたのは偶然ですが」

「駄目じゃん。喋っちゃ」

サキが頰《ほお》をふくらませた。

「やっぱり。私の名前を知っているというから、珍しいなと思ったんだ」

私はサキを見やった。サキは口をへの字に曲げた。

二人が黙っているので、私はいった。

「さっき小松さんは、その話を私にするとき、声をひそめましたよね」

小松は瞬《まばた》きして、私を見つめた。

「知り合いの話だとおっしゃった。でも声をひそめたということは、知り合いではなくあなた自身の話かもしれない、と私は思いました」

小松は目を丸くした。当たったようだ。

私はサキに訊ねた。

「家を潰していて金が見つかったという知り合いの話を、前に小松さんから聞いたことがあったか」

サキは首をふった。

「ううん。今日が初めて」

「参りました」

小松がいった。

「えっ、どういうこと？　そのお金を見つけたのはコマッちゃんだったの」

小松が小さく頷くと、

「すごいじゃない。なんで黙ってたのよ。わたしにとられると思ってたわけ」

私は小松を見ていた。自慢げでもなく、照れているようでもない。むしろ苦い表情を浮かべている。

どうやらこれ以上は追及しないほうがよさそうだ。

が、小松がいった。

「先生、推理できますか」

「何があったか、をですか」

小松は頷いた。私は深々と息を吸いこんだ。

「空き家を潰していて五百万円を見つけたのが小松さんだと認めるのですか」

「私です」

私は煙草をくわえた。さっきまでライターの火をさしだしていたサキは、じっと小松の顔を見ている。自分で火をつけ、私は口を開いた。

「お話を聞いて、ひとつ妙だなと思ったことがありました。庭に小さい池があってブ、ルをかけていたら、密封容器に入ったお金を見つけた——そう、いわれた」

「はい」

硬い声で小松は答えた。

「池を潰すなら、ブルドーザーで土をかぶせます。埋めるわけですから。その池に金の容器が隠されていたら、逆に見つけづらい筈です。それが見つかったということは、小松さんは初めからそこに金が隠されているのを知っていた」

「なんで？　なんで知ってたの。コマッちゃんが隠したの」

小松は首をふった。

「いや、そうじゃない」

「その金を隠した人間は別にいた。ですがお金をとるのが目的なら、届けはしません。何年もかかって半分をもらった、と小松さんはいった。つまりそれは警察に届けたのですよね」

「ええ。届けました」

「ねえ、それいつの話？」

サキが口をはさんだ。小松が答えた。

「もう四、いや五年前だ」

「じゃ、わたし知らないわ」

「地元ではそれなりに話題になったのではありませんか」

私は訊ねた。

「地元のニュースになりましたし、新聞にもでました。しばらく工事ができないくらい、野次馬《やじうま》もきた」

「意味がわかんない。黙っていれば五百万円、まるまるもらえたのに」

サキが首をふった。

「だから目的は金じゃなかったんだ」

私はいった。

「じゃ、何？」

「そこに金を隠した人間を困らせる」

「誰なの、それ」

「わからないが、空き家の庭を使って、非合法な取引をしていた者だろう」

小松がこっくりと頷いた。

「やくざ者です。地元の」

私は小松を見つめた。トラブルを抱えていたのだろうか。だがそうなら、小松がその金を見つけたことは新聞などで報道されていたのだから、かえってトラブルを深刻化させた筈だ。

「この話は、ここだけのことにしてくれますか」

小松がサキと私の両方を見ていった。

「私は大丈夫です。明日、帰る身ですし」

「うちはやくざ屋さんなんてこないから大丈夫だよ」

「他のお客さんに話されても困る」

「話さないって。コマッちゃんがきてくれなくなったら、うちは困るもん」

小松は頷き、口を開いた。

「今、東京でサラリーマンをやっている息子がいるのですが、中学のときに先輩に大怪我をさせられたことがありました」

「いじめ？」

「いじめというよりは、リンチに近いな。態度が気に入らないといって呼びだして、何人かで袋叩きにした。訴えようかとも思ったが、息子に仕返しがあるかもしれんというので我慢したんだ。中学じゃ札《ふだ》つきのワルで、高校を中退して、やがて暴力団に入りました。つきあいなんてないのですが、こういう業界ですから、あちらこちらで見かける機会はある。ああやっぱり、グレるだけじゃすまなくて、そっちの道にいったのだなと思っていました。もし裁判なんかしていたら、それを恨んで、うちの会社にも嫌がらせをされたかもしれんと」

私は頷いた。

「それがあるとき、うちが解体を請け負っていた空き家に入ってくるのを見たんです。夜で、ちょうど私が会社からの帰りがけに下見に寄ったところでした。向こうは二十六、七になっていて、地元の組じゃそこそこの仕事を任されていたみたいで。防水のプラケースをビニール袋に入れて、池に沈めていました。チンピラが見張りに立っていたんですが、私は空き家の中にいたので気がつかなかったようです。電気がきていませんから、家の中はまっ暗でした。奴らがいなくなったあと、引き揚げたら金が入っていた。まっとうな金じゃないとすぐに気がつきました」

「お代わり」

私はわざとグラスをサキに振って見せた。

「あ、はい」

神妙な声をだして、サキは水割りを作った。

「盗んでもよかったんですが、それじゃ相手と同じところに落ちるような気がして、もっと困らせられないかと思ったんです。それで翌日、工期を早めて、ブルで庭を潰した。見つけるのも私ではなく、社員になるよう仕向けました。警察を呼び、こんな金がでてきたと届けました。もちろん、前の晩にやくざを見たとはいいません。でもニュースになりましたから、金が警察に渡ったのはわかったわけです」

「警察にいえばよかったじゃない。やくざがお金を隠すところを見たって」

　サキがいった。

「それだけでは警察は逮捕できない。隠したのがクスリとかなら犯罪になるが、金を隠しただけでは、疑いはもたれてもそこまでだ」

　私はいった。刑事が張りこんで、金をとりにくる相手を特定できたとしても、取引するブツをその場で押さえられなかったら立件は難しい。

「そうなんです。それに警察にやくざのことを告げたら、こっちが狙われる」

　小松はいった。サキが訊いた。

「それで、そのやくざはどうなったの？」

「先生のいった通りになった。何日かして、この先の路地で見かけたよ。顔に青タンをこしらえて、左手に包帯をぐるぐる巻いていた。指を詰めさせられたみたいだ」

「こわい」

小松は苦い顔になった。

「思った通りにはなったのですが、やはり後味は悪かった。盗んだほうがよかったのかな、と」

私は首を傾げた。

「どうでしょう。盗んでいたら、最悪そのやくざに疑いがかかって、指ではすまなかったかもしれない。仮りに疑われなかったら、当然、解体工事をしている小松さんの会社の人間がとったとしか考えられないので、より悪い方向になったでしょう」

「なるほど。そうですね」

小松は深々と頷いた。

バーの中は静かになった。私はサキを見つめた。

「何よ」

「お前、そういうのとつきあいはないな」

「ないわよ！　変なこといわないで」

「ならいいが、この話は秘密だぞ」

「もちろん」

「すみませんでした。こんな話をして」

小松が頭を下げた。

「いいえ。興味深かったです」

「『本当は恐い、落ちていた大金』て、とこね」

サキがぽつりといった。私は苦笑した。恐いのは、三年で変わる美女のほうだ。

覆面作家

「柏木潤《かしわぎじゅん》さんて、ご存じですか」

担当ではないが、顔を知っている草持《くさもち》という編集者に訊かれたのは、ある文学賞の授賞式の二次会の席だった。

受賞したのは、かつて私が選考委員をつとめた新人賞の出身者で、それで作家デビューを果たしたのだから、いわば「生みの親」のひとりである。意見の割れた選考会で、私が強く推《お》したこともあって受賞が決まった。それに恩義を感じたのか、とてもていねいな礼状をくれたことがあった。以来、出版社のパーティで会うと立ち話をするていどだが、つきあいがつづいていた。

パーティにでるのは、新人賞の授賞式で私に、

「来年も再来年も、この賞の授賞式にきなさい。胸を張ってパーティにでてこられるような仕事をこれからする、と自分に義務づけるためにも」

といわれたのが理由だったと、あとから聞いた。その新人は、あっという間に売れっ子になり、私がデビューから十二年間かかった文学賞を、たった四年で受賞した。

才能と努力という奴だ。この世界には才能のある人間はごろごろいる。と、いうか、才能のまるでない者は、まずいない。何百か何千人にひとりの、小説を書く才能のある者が、作家としてデビューできる。

とはいえ才能だけで一生やっていくことはできない。どんな大傑作であろうと、一作は一作で、たとえ文学賞を受賞してベストセラーになったとしても、それで一生暮らすのは不可能だ。

作家というのは書きつづけられてこそであり、そのためには注文がきて、それに応《こた》えなければならない。作品に魅力がなかったら注文はこない。魅力があっても本が売れなければ、やはり注文はこなくなる。

いい作品が必ず売れるというほど、世間は甘くない。どんなに歌がうまくても、売れない歌手がいるのと同じなのだ。

その点では、彼は才能があり努力も怠《おこた》らなかった。物語を思いつくばかりが才能ではない。それをこつこつと書き、より優れた作品に仕上げるための手間をいとわないのも才能である。

では努力とは何かといえば、それをする自分の環境を整えるためのすべてだ。作家になるまでついていた仕事や家族との関係、煮つまったときの対処法、もちろん他人の小説や映画、芝居などに刺激を求めるのも努力だが、それを努力と思うようでは、もともと作家になど向いていない。小説を読んだり映画を観るのが好きで好きでしかたのない人間が、作家になるのだ。

三十年以上もやっていると、求められてするスピーチは、どうしても説教くさくなる。

私が若いとき、先輩がどんなスピーチをしていたかは覚えていない。なぜだか考えてみると、先輩のスピーチなどほとんど聞いていなかったのだ、ということに気づいた。

だから私のスピーチなど聞かなくていい、といって、私はマイクを司会に返し、席に戻った。うけたのに気をよくして水割りを口にすると、草持が訊《たず》ねたのだった。

「聞いたことはある。わりに最近、でてきた人じゃなかったっけ」

「去年です。××賞でデビューして、すぐに二作だし、今回のこの賞の候補にもなっていました」

草持は受賞者を示していった。

「デビューした年に候補にされたのか。あとが心配だな」

私はいった。新人賞と異なり、文学賞は自分で応募して候補になるわけではない。賞を主宰する出版社なり団体が勝手に選んで候補にするのだ。もちろん候補を拒むこともできるが、「○○賞作家」という肩書きが欲しくない者などまずいない。

候補にしてやるといわれたら大喜びでそれを受け、選考会の日を待つ。あげくに選考委員にこきおろされて落選し、ヘコむというわけだ。デビューして日が浅いのに、文学賞の候補にされると、舞い上がって自信過剰になったり、逆に落ちこんで書けなくなったりする。

「あるていどツラの皮が厚くなってからのほうがいいのだけどな」

「そうですね。でもなかなかのものを書く人なんで、大丈夫だと思います」

「いくつくらいなの？」

「それが、性別、年齢、一切秘密にされていて」

「覆面作家か」

私は急に興味を失った。

かつて覆面作家といえば、すでに名を成した作家が別のジャンルに挑むのが目的で、いずれ正体を明すのが前提の〝お遊び〟だったものだ。

今はちがう。正体を決して明さない覆面作家が何人もいる。その理由の一番はインターネットだろう。

インターネット上には、手厳しい批評や作家に対する誹謗《ひぼう》が渦巻いている。中には作家個人の情報を並べたてたり、公表していない作家以前の職業を暴露するものもある。そこには捏造《ねつぞう》がもちろん混じっているが、否定するには当の本人が発言する他なく、とはいえ偽者扱いされたり、火に油を注ぐ結果になることも多い。

金を払って購入した読者が作品をつまらないと感じたら、批判するのは自由だ。だがそれと作家の個人情報を暴露するのとは別の問題である。

自分自身やときには家族までもが、そうした暴露の対象になることを恐れ、作品は発表するが、写真や年齢、性別などの情報を一切公表しない作家が、近年確実に増えている。

中には副業が禁止されている職業なので、本名や顔写真が公開されると困る、という人もいる。

理由も事情も理解はできる。だが私は覆面作家にはあまり好感を抱けない。理由は明確に説明できないのだが、何となくズルいと感じてしまう。

写真は嫌でも、せめて年齢や性別くらいは公表しても罰《ばち》はあたらないだろう。何をもったいつけてるんだ、と思う。

私が興味を失ったことを感じたのか、

「女性です」

と草持はいった。

「旦那さんが著名人とか」

私はいった。草持は驚いたように私を見た。

「その通りです。ご存じなのですか」

「まさか。当てずっぽうさ」

「亡くなられているのですが、ご主人がわりに有名な方でした」

それを聞き、私は草持を見つめた。

「君が担当なのか」

草持は頷いた。

「なぜ俺に柏木さんの話をした？」

草持はうつむいた。

「ファンなのだそうです」

私が書いていたシリーズの名を口にした。そこそこ売れ、映画やテレビドラマになったこともある。だが二十年近く前のことで、若い人はあまり知らない。

「先日お会いしたら、もうあのシリーズは書かれないのかと気にしていました」

「終わらせたつもりはない。またそのうち書くと思うけどな」

草持は頷いた。

「だったらそう伝えます。喜ばれると思います」

「デビューしてすぐ候補になるくらいだ。各社殺到しているだろう」

「ええ、問い合わせはすごくきます」

「君が窓口か」

「今のところ、そうなんです。自分のペースを守りたいとおっしゃって」

「賢明だな。ただし君の責任は重大だ」

私がいうと、草持は息を吐いた。

「本当に」

デビュー作がそこそこ話題になったというだけで、各出版社が新人作家に殺到するという風潮がつづいている。

殺到された新人は嬉しいだろうが、これは単なる〝唾つけ〟に過ぎない。要は、他社に後れをとりたくないのだ。注文はたいていの場合「書きおろし」であり、原稿料が発生しないので、頼む側は気楽なものだ。

ことに最近はあらすじをまず書かせて、それで執筆させるかどうかを決めるという。

僕らがしているのは小説の注文ではなく、あらすじの注文です、と自嘲《じちょう》した編集者もいた。

あらすじを書かせるのは、売れる作品になるかどうかを判断するためだが、あらすじがおもしろいから優れた小説ができあがるという保証はまったくない。

それに物語は生きものだ。書いているうちに展開がかわっていくことなどいくらでもある。先に提出したあらすじに縛られていたら、ふくらみようがない。

あらすじばかりを何度もダメだしされると、作家はうんざりする。おもしろい話を作る才能が自分にはないのかと疑い始めるし、小説の魅力はストーリーばかりではないということを忘れ、登場人物の個性やすぐれた文章にひたる喜びといったものがおきざりにされかねない。

「本当は三作くらいで、手もとから放したいと思っています。いろんな編集者がいますから。刺激をうけて、自分が思いもよらなかったようなものを書くきっかけになるかもしれません」

「その考え方は立派だな。作品はミステリなのか?」

「いちおうはミステリですが、ガチガチの本格とか、そういうタイプじゃありません。ミステリ風味のある風俗小説ですかね」

「風俗小説」

「ご自身が以前、夜の世界にいらしたことがあって。亡くなられたご主人とも、そこで知り合われたそうです」

「珍しいな」

「玉の輿《こし》だったと、ご自分でもおっしゃっていて」

「そっちじゃない。風俗小説のほうさ」

私はいった。夜の世界にいた女性が仕事で知り合った客と結婚するのは、それほど珍しいことではない。

一生添いとげるとなると話は別だが、客とホステスの結婚は意外に多い。通っていたクラブのホステスと結婚し離婚して、同じ店の別のホステスと再婚したという客を見たことがある。その客はまた離婚し、別の店のホステスと結婚した。聞くところによると〝浮気〟ができない性格なので、好きになるとすぐプロポーズをするらしい。

「今どき風俗小説を書く人は少ないだろう」

風俗小説を書くには、まず何より人間の欲望や情に通じている必要がある。多くの人と交わり、さまざまな人生を見てきた者にしかすぐれた風俗小説は書けない。

かつてある作家を、「カウンターの内側から水商売が描けるのはあの人だけだ」と評した編集者がいた。

その作家がバーテンダーとして長くバーやクラブで働いてきたからだった。

客として何十年飲み屋に通おうと、カウンターの外側からしか水商売を書けない、といわれ、なるほどと納得した。

さんざん通って、つかって、思い通りにいかなかった経験なら、私も人後《じんご》に落ちないのだが。

「キャバクラでちょっと稼いでましたなんて姐《ねえ》ちゃんじゃ、風俗小説にはならない。せいぜいできの悪い官能小説だ」

私がいうと、草持は頷いた。

「おっしゃる通りです。柏木さんはもちろん水商売の世界にも通じているんですが、お客の気持もよくわかっていて」

「いくつくらいの人なんだ」

私の問いに、草持は一瞬ためらい、

「四十代の半ばです」

と答えた。

「意外に若いな」

「きれいな方ですよ。本当は写真をだしたいくらいで」

「著名人の未亡人で四十代の美人作家という条件なら、必ず話題になるな」

「それが嫌で覆面をかぶっていらっしゃるんじゃないかな」

「いずれは脱ぐかもしれない」

草持は私を見た。

「そう思います？」

「ただの勘だ」

「勘がいいじゃないですか。みんないってます。売れる人を必ず見抜くって」

「だとしたら編集者のほうが向いているってことだ」

「そんなの昔からいわれてます。以前もうちの会社の顧問になりませんかって口説《くど》かれてたじゃないですか」

いわれて私は苦笑した。冗談半分本気半分で誘われたことがあった。

「他人のことはよくわかるんだ。ゴルフのスイングといっしょだ」

「もし覆面を脱いだらそのときは――」

草持はいって、真剣な目をした。

「柏木さんとうちの雑誌で対談していただけませんか」

「そのときの俺に、柏木さんに見合うだけの商品価値があったらな」

私は答えた。

「またまた。そんなことといって」

草持は笑ったが、私は本気だった。作家にも賞味期限があって、それは大抵の場合、本人が思っているより短かい。

二次会がおひらきになり、私は声をかけてきた、草持とは別の社の担当者とともに銀座に流れた。

それほど高級ではないが、馴染みの店に足を向けた。そこのママを二十年以上前から知っている。

「あら珍しい。営業もしていないのにセンセイがきてくれるなんて」

少し太ったからか、立場に合わせたのか、最近は和服を着ることの多いママがいった。

「俺は嫌だといったんだ。こいつがいこうといいはってさ」

私は編集者の塩川《しおかわ》を示していった。塩川とも二十年近いつきあいになる。

「もちろん嘘ですよ。そろそろ顔をだしておかないと、あとが恐いとセンセイがいったんです」

塩川がにこりともせずにいい、

「君までセンセイと呼ぶのはやめろ」

私は唸《うな》った。

「編集者にセンセイと呼ばれると、えらく年寄りになった気がする」

編集者に「先生」と呼ばれて喜ぶ作家は少ない。たいていはさんづけを望む。ただ二十代や三十代前半の編集者は、自分の親より年長の作家をさんづけで呼ぶのは抵抗があるという。先生と呼ぶほうがむしろ気楽だというのだ。

「もちろんわざとよ。でしょ、塩川さん」

「いい手を思いつきました。うちで書いてもらえるまで、ずっとセンセイと呼ぶというのはどうですかね」

「嫌がらせじゃないか」

「書いていただけないなら嫌がらせくらいしかできませんから」

「いや、週に一度はうまいものを食わせて、高級クラブで接待《せったい》するんだ。書いたら書いたで、毎晩接待する」

「あらっ、高級クラブってうちのこと？」

「そんな経費、とうていでません。そういう時代じゃないですから」

「わかってるよ。今のはただの夢さ」

水割りで乾杯した。

「君のところは柏木潤とつきあいがあるのか」

ママの他に文香《ふみか》というホステスが席についた。古顔で、三十五、六になる。

「柏木潤先生。おもしろいですよね」

私の問いに塩川が答える前に文香がくいついた。

「読んだことあるんだ」

「知り合いの黒服さんが本を貸してくれたんです」

「駄目よ、本は買わなけりゃ。センセイたちはそれがお仕事なのだから」

ママがいった。

「本を借りてしか読まない女の子の店は、ツケを踏み倒すことにする」

私は宣言した。ママが横目でにらんだ。

「じゃあうちみたいに、センセイの本を二冊も三冊も買って配る店はお勘定、倍づけね」

「それは勘弁して下さい。で、おもしろかったの?」

塩川が訊ねた。文香は頷いた。

「この世界の話ですから。黒服さんの話では、柏木先生って、昔銀座で働いていたのですって」

「その黒服は直接知っているのか?」

私は訊ねた。

「はい。もう二十年近く前だけど、同じ店にいたことがあるそうです」

「ここじゃないのだな」

私が確認すると、ママがにらんだ。

「うちはまだ始めて十二年よ。二十年近く前なんて、わたしもまだヘルプだった」

ホステスはおおまかに分けて、売り上げとヘルプの二種類がいる。売り上げは、係をつとめる客がつかう金額から歩合で給料をとる。月に何百万もつかってくれる客がいれば、それだけで百万以上の給料になったりする。

係とは、その店における担当で、たとえ自分が店を休んでいても、客が店にきさえすれば売り上げが立つ。なるべく数多く、それも金額をつかう太客《ふときゃく》をもつことが、売り上げのホステスの願いだ。

ヘルプとは、担当客をもたず日給で働いているホステスで、始まりは皆そこからだ。辞めたホステスの客を係としてひき継いだり、自分が店を移って、そこに前いた店の客の係がいなければ、自分の客にできる。

ヘルプでスタートし、店を一、二年おきに移りながら係の客を増やしていくというのが、銀座のホステスの商売のしかただ。その間に結婚して仕事をあがれたらいいが、できなければ、いい客が数いるうちに自分の店をもつしかない。そのために金を貯めたり、パパを捜す。

「たぶんママと同じ年くらいだ。四十代半ばだそうだから」

「わたしは四十代の初め」

またママににらまれた。

「君みたいに長くやっている子が読んでもおもしろいと思った？」

塩川が文香に訊ねた。

「はい。リアルなんだけどリアル過ぎないっていうか、どんどん話が展開していって、いったいどうなるのだろうって」

「文香はけっこう本好きだから、この子がおもしろいというなら、本当におもしろいのよ」

自身もけっこう読書家のママがいった。初めて会ったとき、すでに読者として私の名を知っていた、数少ないホステスだ。

「確かに新人にしてはうまいですよ。書き慣れている感じがして。うちも若いのが会いにいこうとして、草持さんのところで止まっています」

塩川はいった。

「正体について何か聞いているかい」

「いいえ。元ホステスだというのも、今初めて知りました。読んで、おそらくそうだろうとは思っていましたが」

私は文香を見た。

「その黒服は、どこの店の人だい？」

文香が口にしたのは、連れられてだが私も何回かいったことのある店だった。老舗の高級クラブだ。財界関係者が多いことで知られている。

「興味があるの？」

ママが訊ね、私は頷いた。

「理由があってね」

「嫌だ。まさか昔、センセイと何かあった子だとか」

「そんなにモテた記憶はないし、作家志望の子なんて会ったこともない」

私は首をふった。

「じゃあ何なの？」

私は少し迷い、店を見回した。他に客はおらず、帰り支度《じたく》を始めているヘルプもいる。

十代の終わりから二十代の初めにかけての短期間に、濃密な関係をもった友人というのが、誰にでもひとりやふたりはいるものだ。親友といえばそうかもしれないが、気が合うというより、互いに自由になる時間が重なるというだけで毎日のように会っている。それが何年かつづいて、いつのまにか疎遠になる。仲違いをしたとかではなく、生活がかわり進路もちがって、会わなくなってしまうのだ。

海老名《えびな》が、私にとってはそういう友人だった。大学はちがったが、共通の知人に紹介されて、住居がすぐ近くであることを知り、つるむようになった。九州出身で、当時でもすでに珍しい、共同トイレの下宿暮らしをしていた。

会っても特に何をするでもなく、だらだらと喋ったり、食事をしたりするだけの関係だった。彼の下宿で深夜、インスタントラーメンを分けあったことだけが、思い出らしい思い出だ。

どちらかというととっつきにくいタイプで、考えていることをすぐには口にしない。下宿には本が積まれていて、今から考えれば、ミステリの楽しみを私に教えてくれた人物でもあった。

「じゃあセンセイの生みの親じゃない」

ママがいった。

「かもしれん。作家に憧れているといったら、『だったら書けよ』と勧めてくれた。だけど卒業するくらいの頃から会わなくなって、いつのまにか連絡がつかなくなった。下宿をひき払っていて、それきりだった。携帯とかない時代だからな」

「でも、思わぬところで会った」

塩川がいった。

「そうやって先回りするなよ。会ったのじゃない。大ヒットしたゲームの開発者として名前を見たんだ」

「ゲーム。そういえばセンセイ好きだものね。『バイオハザード』とか」

私は頷いた。

「今から二十年近く前だが、大当たりした『カタナクエスト』というロールプレイングゲームを知ってるかい」

「知ってる！」

文香が叫んだ。

「学校サボって夢中になってやりました。うち親が共稼《ともかせ》ぎだったから」

「聞いたことはあります。中世の日本を舞台にしたゲームじゃなかったですか」

塩川が訊ねた。

「『カタナクエスト1』が室町時代、2が戦国時代、そして幕末明治維新の3で完結した」

「名刀兼継《かねつぐ》をもつことになった主人公がそれぞれの時代で、剣豪や怪物と戦うんです。2の、大村宗林《おおむらそうりん》がかっこよかったなあ。十字架を首から下げてて」

文香がうっとりとしていい、私は苦笑した。

「とにかくその三本で終わったが、当時は家庭用ゲーム機のブームで、各タイトル百万本以上売れたといわれている」

塩川が首をふった。

「ミリオンですか。その頃から本が売れなくなったんだな」

「しかたないわよ、センセイまでハマったくらいだもの」

ママがいった。

「その『カタナクエスト』の開発者が海老名精吉《せいきち》という友人だった。精吉なんて古くさい名だし、名前を見た瞬間まちがいないと思った。海老名は『カタナクエスト1』のヒットのあと、所属していたゲームメーカーから独立して、2と3を作った。『カタナクエスト』の完結後、数年して新しいソフトを発表したが、それは大コケした」

「詳しいですね」

「『カタナクエスト』が完結してからは、新しいソフトをださないかずっと待っていたんだ。世界観が好きだったからな」

「わかります！　独特なんですよね。アニメみたいな嘘っぽさはないのに、古くさくもないし。わたしあれで日本史が好きになったんです」

文香が頷いた。

「会わなかったんですか。センセイなら会いたいといえば、会えたでしょう」

ママがいった。

「会えるかもしれないが、こっちはただのファンだ。押しかけるのも申しわけないと思った。『カタナクエスト』の大ヒットで一躍有名人だったからな。やがてゲーム雑誌のインタビューで写真を見て、確かだと」

「でもいい話じゃないですか。学生時代の友人が、片や作家、片やゲームクリエイターで名を成すなんて。その頃ですよね、あのシリーズが始まったのは」

塩川がいった。柏木潤がファンだといった、私の刑事シリーズの一作目と「カタナクエスト1」の発売は同じ年だった。

今までまるで売れなかった小説が突然売れだし、業界の注目を浴び、文学賞も受賞したのだから、忘れられない。

「会いにいきたくてもいける状況じゃないですね。ひっぱりだこだったでしょうから」

「あの頃はな」

「編集長がぼやいていたのを覚えています。食事でもと誘っても、会ったら仕事を頼む気だろうから会わないって、断わられたと」

「あっというまに終わった売れっ子時代さ。そんなことより、それから十年以上して、出版社経由で、海老名が連絡をよこしたんだ。会いたい、と」

「すごーい！」

文香が叫んだ。私はグラスに手をのばした。

「会ったの、センセイ」

「会った。海老名は、東京じゃなく岐阜《ぎふ》にいた。ホスピスに入っていたんだ、末期癌《がん》で」


中央高速をノンストップで走り、午後二時過ぎには、目的地に私は到着していた。ホスピスは意外に大きな建物で、駐車場からは北アルプスが見えた。まだ十月だったが冬のように空気が澄み、青空に稜線が際立っている。

受付で海老名さんに会いにきたと告げると、待つようにいわれ、ソファに腰をおろした。

ホスピスは窓が大きく、ホテルのような造りをしていた。秋の陽が長くさしこみ、まっすぐのびた廊下に光が溢れている。

その廊下の向こうから、ひとりの女性が歩み寄ってくるのが見えた。すらりとしてタイトスカートにヒールのあるパンプスをはいている。病院には不似合だが、柔らかな光の中をつっきる颯爽としたその姿に、私は思わず見とれた。

年齢は三十代のどこかだろう。化粧は薄いが、髪が明るくただのＯＬや主婦には見えない。派手というよりは垢抜《あかぬ》けた印象だ。

女は私の顔を見やり、小さく頭を下げた。

「遠いところまでお越しいただき、ありがとうございます。海老名の妻でございます」

私は立ちあがった。名乗り、

「手紙をいただいたときは驚きました。どうしているかと、思いだすことも多かったので」

手紙は、簡潔な内容だった。無沙汰《ぶさた》を詫び、ずっと私の本を読んでいたこと、自分がゲームの開発に携《たずさわ》っていたこと、そして一年前に病気になり、今はホスピスにいる身であることを告げ、できれば一度会いたいという言葉で締めくくられていた。癌でホスピスにいるという状態を考えれば、どれだけの猶予があるのかはわからない。それを書いたら急かすことになると気をつかった節もあった。

私はすぐにうかがうと、翌週の週末を指定した返事を送った。

「お忙しい先生にご無理を申しあげて、本当に申しわけございません。本人はお返事をいただいてから大喜びで。俺のことを覚えていてくれたんだ、って」

「覚えていたどころか、『カタナクエスト』の大ファンでした」

海老名の妻は目をみはった。

「本当ですか。喜びます」

「あの、海老名くんの具合はどうなのです?」

「体調は日によってちがうんです。悪いときは、痛み止めを多めにいただいて、ずっと眠っているような感じですが、今日はとても元気で。たぶん先生が会いにきて下さるとわかったからだと思います」

「じゃあ、お会いできるのですね」

「はい。どうぞ。首を長くしておりましたから」

廊下を進み、庭に面した個室に入った。

「おう」

扉をくぐると、電動式のベッドに横たわっていた男が声をあげた。背を起こし、手にしているのは私の文庫本だ。

「おう」

私もそう返し、見つめた。懐しさがこみあげてくる。海老名は昔より面長になったものの、ひどくやつれている印象はない。

「悪かった。こんなところに呼びつけちまって。すわってくれよ」

ベッドのかたわらには、三人がけの長椅子がおかれていた。冷蔵庫もある。

「ビールでも飲むか？」

海老名の問いに首をふった。

「車できたんだ」

「今日、帰るのか？」

「まだ決めてないが、いちおうホテルの予約はした」

海老名は顔をゆがめた。

「申しわけない。大先生に時間を使わせて」

「何が大先生だ。『カタナクエスト』の大ファンなんだぜ。1から3まで全部やりこんだ。お前が開発者だってことも、名前を見てすぐにわかったし」

冷蔵庫から海老名の妻が、お茶とコーヒーの缶をだし、テーブルにおいた。

「よろしければどうぞ」

私は礼をいって、缶コーヒーを手にした。

「わたしちょっと買い物にいってきます」

海老名の妻はいって、部屋をでていった。

私たちはつかのま沈黙し、見つめあった。

「お前の本、全部読んでるよ。初めは、あいつがと思って読みだしたけど。こんなことというのは失礼だけど、本当にうまくなった」

私は苦笑した。

「デビューが早かったからな。苦労した」

「やっぱりあのシリーズだよ。あれはすごいと思った。友だちじゃなくたって、あれにはハマる」

「こそばゆいからやめてくれ」

「覚えてるか、『書けよ』っていったの」

「もちろんだ。それがあったんで、今がある」

海老名は首をふった。

「俺も小説をずっと書きたかった。でもお前みたいに腹をすえられなかった。中途半端に近い仕事で、ソフトメーカーに入ったんだ」

「あれほどのヒット作を生みだしたのだから立派なもんだ」

「あれだけだよ。『KQ』で、俺のゲームクリエイターとしての才能は終わった」

私は無言だった。否定も肯定もしようがない。海老名は苦笑した。

「正直だな。何もいわないなんて」

「『カタナクエスト』のあとのあれは、少し残念だった」

海老名は頷いた。

「自分でもわかってる。あの頃から俺は……」

いいかけ、黙った。やがていった。

「小説を書きだしたんだ」

「本当か」

「何本か書いて、新人賞に応募した。でも駄目だった。そこそこのところまではいくんだが、入選しない。理由はわかっている」

私は海老名の顔を見つめた。

「キャラが弱いんだ。ストーリーは思い浮かぶけど、お前みたいにいいキャラが作れない。ゲームとはそこがちがうってことさ」

「俺だって時間がかかった。ずっと売れなかったのは知っているんだろ」

「ああ。やきもきしてた。俺もその頃、会社でだす企画、だす企画、潰されてたから」

私は笑った。

「同じような足踏みをしていたんだな」

海老名は頷き、ごくりと喉を鳴らした。何かをいおうとしている。その勇気を奮い起こしたいのだ。

そしてそれが何であるか、私には予想がついた。

「書いたものがあるのか」

海老名は目をみひらいた。

「どうしてわかるんだ」

「他に俺にできることがあるか。医者じゃないんだし」

「預けたい。だがお前は怒るかもしれん」

「どうして」

「読めばわかる」

海老名はかたわらのサイドボードのひきだしを引いた。大きな封筒をだす。

「半年かけて書き、きのうまで推敲《すいこう》していた。預かってくれるか」

「もちろんだ。だけど時間がかかるかも――」

いいかけた私をさえぎった。

「それはかまわないんだ、全然。何年かかってもいい。気に入らなければ没《ぼつ》にしてくれ」

「それは編集者が決めることだ。読むのは俺も読むけど」

「まずお前が読むんだ」

突然、強い口調になった。

私は重い気持になった。焦《あせ》りは当然あるだろう。だが、この作品がどんな大傑作でも、本になるまでには最低でも三ヵ月、長ければ一年近くかかる。そのときはもう、海老名は生きていないかもしれない。

「もちろん最初に俺が読む。読まずに編集に押しつけたりはしない」

今夜中に読もう、と決心して私はいった。

海老名は深々と息を吸いこんだ。興奮したからか疲れたのか、顔色が悪い。私は手をのばし、封筒をうけとった。

海老名は微笑んだ。

「握手して下さい、先生」

私たちは手を握りあった。

「ファン同士だったんだな、俺たち」

確認するようにいった海老名の言葉に、私は頷いた。

「あいつが帰る前に、そいつをしまってくれ」

海老名がいったので驚いた。

「奥さんは知らないのか」

「小説を書いていたことは知ってる。でもお前に渡すのを嫌がると思うんだ」

「なぜ？」

「お前に迷惑をかける」

「そんなこと気にしてほしくない」

「銀座で知り合ったんだ。いい女だろう。金目当てかと思ったけど、よく面倒をみてくれた」

「長いのか？」

「結婚したのは二年前さ。一年で俺が病気になった。捨てられるかと思ったが……」

「美人だ」

わずかに間をおき、海老名はいった。

「きっかけはお前さ」

「俺？」

「あのシリーズの大ファンなんだ。その話で盛りあがり、つきあうようになった」

つかのま言葉を失った。

「役に立ててよかった。昔、俺に書けといってくれた恩返しになった」

私は笑った。海老名は頷いた。思いつめたような表情になっていた。

「あいつが帰ってくる前にいってくれ。それを見られるとマズい」

封筒を示していった。私は息を吸い、頷いた。早く帰り早く読めば、それだけ早く感想を伝えられる。

「わかった。なるべく元気でいろよ。読んだらすぐ会いにくる」

そのとき海老名は何ともいえない表情をうかべた。安堵《あんど》と寂しさがいりまじったような目だった。

「いいんだ、読んでさえくれれば。あわてなくていい」

私は無言で見返した。海老名は頷いた。私は何かをいおうとした。思い浮かんだのは、

「あのラーメン、うまかったな」

という言葉だったが、口にすれば今生《こんじょう》の別れになってしまいそうで、いえなかった。

無言で頭を下げ、部屋をでていった。

海老名の妻に会うことなく車に乗りこみ、予約したホテルに向かった。

「読んだのですか」

塩川が訊ねた。

「もちろんだ。部屋に入ってすぐに読んだ。プリントアウトされた原稿だったが、四百字詰めで七百枚くらいだったと思う」

「ひと晩で読めちゃうんですか」

文香が驚いたようにいった。塩川が苦笑した。

「プロ作家というのは、書くだけじゃなく読むのも速いんです。ふつうの単行本一冊分くらいの量なら、二、三時間もあれば読んでしまう」

「本当ですか」

「つまらない本は時間がかかるけどな」

私が答えると、ママが、

「そんなことより」

とにらんだ。海老名の原稿について知りたいのだ。

「駄目だったの？　お友だちの作品」

私は首をふった。

「駄目じゃなかった。手直しはしなけりゃならないだろうが、小説としては商品になるレベルだった。ただ……」

「ただ、何？」

私は息を吐いた。

「それは、すでに存在するシリーズの刑事を主人公にすえていたんだ」

「え、それって、まさか――」

私は頷いた。

「マジすか」

いつも冷静な塩川が頓狂な声をあげた。

「センセイのシリーズ？」

ママを見た。

「そうだ。びっくりした。文体もわざとだろうが、私に似せているような気がした。ストーリーはよく練りこまれていて、どんでん返しもある。敵役《かたきやく》がステレオタイプだったが、そこは何とかできるだろうと思った」

「えっ、シリーズのどの作品?!」

「馬鹿。それを自分のだと発表するわけないだろう」

私は首をふった。

読んでいて涙がでそうになった。それほど海老名が私のシリーズを愛していることが伝わってきたからだ。と、同時に、これほどのものを書けるのにどうして、自分のオリジナル作品を書かなかったのだろうといぶかしんだ。

ストーリーは思い浮かぶけど、いいキャラが作れない、という言葉を思いだした。だが、それもやがては作れるようになった筈だ。

時間さえあれば。

それを思ったとき、気づいた。だからなのか。だから私の作った主人公を使って物語を書いたのか。

だが私はこれをどうすればいいのだ。

おもしろかった。だがお前の名でも俺の名でも、発表することはできないと、告げるのか。

まずお前が読むんだ、と強くいった理由がわかった。もしこれを読まずに私から渡された編集者は、困惑《こんわく》したにちがいない。

シリーズの担当者なら、もちろん私が書いたものではないと気づく。そして、主人公をまったくの別人にして書き直せないかと考えるだろう。

だが、この作品はシリーズであることを前提に書かれていた。主人公はもとより、傍役《わきやく》や過去の事件で重要な役割を果たした人物が登場する。それらをすべて「新人の一作目」として書き直そうとすれば、とても成立しない。

どうすればいい。海老名の望みは何だ。

私が手直しをして、シリーズの一本として発表することか。

それはいくらなんでもできない。いかに命が尽きかけた人間の願いであろうと、かなえられない。

私は遅い夕食をすませると、再びホスピスに向かった。一刻も早く会い、私の気持を告げなければならないと思ったのだ。たとえひと晩でも、かなえられない願いに希望を抱かせるのはむしろ残酷だ。

だが海老名は面会謝絶になっていた。夕刻、容態が悪化し、意識を失ったという。妻もかたわらにつききりで、会うことはできなかった。

私はしかたなくホテルに戻り、眠れないまま、翌日東京に帰った。

「海老名さんはその後――」

「私が帰った日の晩、亡くなった。苦しまず、眠るようだったと、奥さんから手紙がきた」

塩川が息を吐いた。

「作品のことを奥さんには——」

「何と告げていいかわからなかった」

「じゃあまだセンセイの手もとにあるの？」

「ある」

「切ない」

文香がつぶやいた。

「どうにかならなかったの」

「難しいね」

塩川がいってつづけた。

「海老名さんがどれほど望んでいたとしても、自分の作品として発表するのはできない。それは書き手が最もやってはいけないことだから」

「奥さんがもし読んでいたら、センセイが発表してもすぐバレるわよね。あっ、これ主人が書いたのと同じだって」

ママがいった。

「それだけじゃないかもしれない」

私がいうと、ママは首を傾げた。

「どういうこと？」

「あの原稿は夫婦の共同執筆だった可能性もある。だからこそ海老名は、私に渡したと奥さんに知られるのを嫌がった」

「じゃあ奥さんにも文才があったってこと？」

文香がいった。

「もしかして！」

塩川が叫んだ。私は頷いた。

「柏木潤が、海老名の奥さんかもしれない」

「ええっ」

文香は叫んだ。

「会えばわかりますね」

「わかるだろうな」

「会ってもしそうだったら、センセイどうするの？」

ママが訊ねた。

「どうしようもない。ただあの原稿は返さなきゃならない」

「それを発表したいっていわれたら？　柏木潤の名で」

「たぶん編集者が止めるでしょうね。原作者の同意を得られたとしても、やるべきじゃない」

塩川がいった。

「それでも発表したい、といったら？　亡くなったご主人の形見みたいなものでしょう。センセイ、許可するの？」

私は空になったグラスをふった。

「許可してほしいといわれればするだろう。作品は、書いた人のものだ」

「でも……」

ママがいって、頬をふくらませた。

海老名の遺志を考えたら、発表したいだろう。だが、柏木潤がもし彼女なら、すでに作家としてデビューを果たしている。贋作《がんさく》など発表しても、何の得にもならない。

私と会えば、彼女は迷うことになる。会わずにいたほうがいいのだろう。

新たな水割りは、やけに濃く感じられた。

不適切な排除

「妙な話なんだが、相談できる相手がお前くらいしか思いつかない。今さらだけど、時間を作ってくれないか」

玉川《たまがわ》という、学生時代の友人からメールが届いた。私に相談したいというからには、少なくとも借金の申しこみではない。大手商社に長く勤め、五十を前に独立した男だった。会社の資金繰りが苦しいのなら、たいして売れてもいない推理作家をアテにするのはお門《かど》ちがいというものだ。

いつでもいいと私は返信し、さっそくその晩に、両方がいきつけの六本木の店で待ちあわせた。

玉川は私と異なり、東京生まれの東京育ちで学生時代から垢抜《あかぬ》けていた。中年太りとは縁がなく、今もお洒落《しゃれ》に気を使っている。

店は、カウンターの中に女の子が四、五人いる流行りの形式だが、「ガールズバー」とちがい、働いているのは三十代が中心の大人で、私たちは「おばバー」と呼んでいる。

「どうだい、売れてるか？　たまに本屋で名前は見かけるが」

「何とかな。本屋で名前を見かけなくなったらそろそろ危ないから、奢ってくれ」

「たまにってのは、俺が本屋にいく回数さ。いけばお前の名前を見る」

「それが問題なんだ。皆、本屋に足を運ばなすぎだ。もっとマメにいけ。いけば読みたい本が必ずある」

「どうも最近は暇潰しはこっちだな」

玉川はカウンターにおいたスマホを示した。

「ここだけの話だがな、世界作家同盟はスマホの開発者に殺し屋を送りこむことにした」

「マジで？」

カウンターの中にいたアイカが甲高《かんだか》い声をあげた。細身で、目下の私のお気に入りだ。

「嘘に決まってる。だいたい世界作家同盟なんて聞いたことないし、今さら開発者を殺しても遅い」

玉川がいった。

「なあんだ。そうなの？　センセイ」

「残念ながらね」

「おい」

玉川が真剣な顔になった。

「俺の親父はどうも殺されたらしい。それもＣＩＡに」

「はあ？」

今度は私が頓狂な声をあげた。玉川は確か子供の頃に父親を亡くしている。

「この前、お袋を老人ホームに移すことになって、久しぶりに実家にいったんだ。そうしたら長い英文の手紙が届いてて、それに書いてあった」

玉川の実家は世田谷《せたがや》の桜《さくら》三丁目だ。

「ＣＩＡが詫《わ》び状をよこしたっていうのか」

玉川は首をふった。

「手紙を書いたのは、ワシントンに住んでいるデビッドっていうジャーナリストだ。何でも去年公開された、ＣＩＡがらみの公文書に俺の父親をエリミネートしたという記述があったらしい」

商社にいただけあって、玉川は英語に堪能《たんのう》だ。

「お前の親父の仕事は何だった？」

「Ｆフィルムの技術者だったって聞いてる。死んだとき俺は五歳だから、何も覚えちゃいないが」

「同姓同名の別人の話じゃないのか」

玉川は首をふった。

「手紙には、その公文書の抜粋が入っていた。親父のフルネームと住所もあった。エリミネートの指示を下した人間と実行者の名は塗《ぬ》り潰してあった」

「親父の死因は？」

「交通事故。ひき逃げにあった」

「じゃ、考えられるな」

「だけどふつうのサラリーマンだったんだぜ。お前にしか相談しようがない」

「何を相談する？」

「手紙にメルアドがあったんで、デビッドとやりとりした。それで来月、日本にデビッドがくることになった」

「何しに？」

「なぜＣＩＡが親父を殺したのか、知りたいらしい。公開された公文書をもとに本を書くつもりみたいだ」

「そのデビッドについて調べたか？」

玉川は頷いた。

「本はだしてないが、検索すると向こうの新聞や雑誌に記事を書いてた。記事の中身はまともだ」

「ＣＩＡの陰謀専門のライターじゃないのか？」

「ニューヨークの歴史とか、南米の独裁者に関する記事だ。オカルトじゃない」

だったら信用できるかもしれない。

「で、そのデビッドと会うとき、お前にもつきあってほしい。同じ物書きのお前がいれば、何となく安心じゃないか」

「英語は喋れないぜ」

「通訳は俺がする。興味ないか？」

ないといったら嘘になる。

「そのデビッドに旅費をもってくれと頼まれてないか？」

玉川は首をふった。

「金の心配はかけない、とメールでいってきた」

「つきあおう」

　半月後、私たちは虎《とら》ノ門《もん》のビジネスホテルのロビーで初めて来日したというデビッドに会った。デビッドは頭の薄い長身の白人で、年齢は四十代半ばといったところだった。玉川が私を、日本では「フェイマス」な「ミステリーライター」だと紹介すると青い目をみひらいた。

「英語に翻訳された作品はありますか」

　というデビッドの問いに私は首をふった。

「残念ながら、翻訳は中国語だけです」

「彼はもう百冊近い本を出版していて、その中にはＣＩＡの話もある」

　玉川がいうと、デビッドはますます驚いたようすを見せた。

「百冊も。信じられない！」

「日本と欧米とでは出版事情がちがうのです。日本の作家の多くは、生活のためには一年に二、三冊は本をださなくてはならないのです。私だってもし自分の作品が英訳され、ペーパーバックになったら、そんなに仕事をしません」

私がいうと、今度はデビッドが首をふった。

「ペーパーバックになった作品がすべて売れているわけではありません。私の友人の作品はペーパーバックになりましたが、四万部くらいでした」

それを聞いて、将来の夢がひとつしぼんだ。やはりどこでも現実は厳しい。

あらかじめデビッドの希望があり、私たちは玉川のいきつけの寿司屋に移動した。小上がりを予約してあり、料理はお任せででてくる。

ビールで乾杯すると、デビッドがＩＣレコーダーとノートをショルダーバッグからだした。メモをとってかまわないかと訊ね、玉川は頷いた。さらにデビッドはノートパソコンをだし、開いた画面を私たちに向けた。

早口すぎて私にはよくわからなかったが、五十年を過ぎ、公開を認められたＣＩＡの公文書の中にこれがあったという。

タイプ印刷で、ところどころが黒く塗り潰されている。ローマ字で「ソウイチ・タマガワ」と「サクラ３―×―×、セタガヤ・トウキョウ」と書かれている部分は、読みとれた。あとは意味がわからない。

「何て書いてあるんだ？」

「エリミネート、つまり排除したという報告書だ。ええと――」

玉川は細い老眼鏡を懐からだし、かけた。

「この黒く塗ってあるのは、たぶん固有名詞だな。××との会合に際し、発生すると予測される脅威《きょうい》を防ぐため、対象者、つまりこれが俺の親父なんだが、を、排除した、とある。手段については、キルド・イン・ア・カー・アクシデント。交通事故だな――」

読みかけ、黙りこんだ。少しして、

「どうやら俺の親父でまちがいないようだ。一九六四年十一月二日で、日付もあってる」

低い声で玉川はいった。

「写真はないのか」

私の問いを玉川が訳すと、デビッドは首をふった。

「公開が許可されたのは文書のみで、写真はありません」

「同じような書類は他にもあったのですか」

「排除の報告書は、他に四通ありましたが、日本はこれだけです」

「一九六四年といえば、冷戦のまっただ中だ。お前の親父さんは共産主義者だったか？」

私は玉川を見た。

「まさか。そんな話、お袋からひと言も聞いてない」

そしてデビッドに、父親の死亡した日付はあっているが、当時自分は五歳で、ほとんど記憶がない、と告げた。

アイム・ソーリーとデビッドはつぶやき、

「お母さんはお元気ですか」

と訊いた。

「体のほうはまだ元気ですが、頭のほうが怪《あや》しくなってきて、先日、介護つきの老人ホームに入りました。父親は亡くなったとき三十六歳で、母親が三十二歳でしたから、今は八十三になります」

「お父さんのお話をうかがうことは可能ですか？」

「難しいと思います。母親はとても人見知りなので……」

「女手ひとつでお前を育てたのだろう」

私はいった。

「まあな。今は二人とも亡くなったが、近くにお袋の両親がいて、面倒をみてくれた。そこそこ裕福だったから、親父が亡くなっても働く必要はなかった。お袋は親父の死がひどくこたえたらしく、亡くなったあとも、親父の部屋とかをまるで整理していなかった。死んだと認めたくなかったんだな」

「今も、か?」

私の問いに玉川は頷いた。

「今も、さ。だから空き家だが、親父の部屋はそのままだ」

「お父さんのお仕事について聞かせて下さい」

デビッドが訊ねた。

「父親は、Ｆフィルムという会社の技術者でした。Ｆフィルムはご存知ですか」

「もちろん知っています。世界的に有名な企業ですから。写真用のフィルムはもちろんですが、オフィス用の機械や化粧品も作っている会社ですね。どんな技術者だったのか、覚えていますか」

玉川は首をふった。

「さすがにそれは。母親から前に聞いたところでは、新製品を開発する部署にいたようです」

「新製品」

産業スパイがらみだろうか。玉川がスマホで一九六四年を検索した。

一九六四年、昭和三十九年は、東海道新幹線が開通し、東京オリンピックが開催された年だ。その二月に、産業スパイ事件で、ロシア人ら三人が逮捕されていた。容疑者は二年ほど前から大手印刷会社の機密書類を入手し、ライバル企業に売ったり、脅迫の材料に使っていたとある。この事件を機に、「産業スパイ」という言葉が世間に広まった。

こういうときはくやしいが、スマホは便利だと認めざるをえない。

「これが関係していたのでしょうか」

産業スパイ事件の記事を英訳し、玉川はデビッドに訊ねた。

「お父さんがつとめていたFフィルムとこの印刷会社は、同じですか」

「ちがいます。それに考えてみると、あの時代日本製品が、外国の産業スパイに狙われることがそうそうあったとは思えません。まして人の命がかかわるほどのものなら、必ず話題になっている筈です」

玉川は元商社マンらしく冷静にいった。確かにその通りだ。私のかすかな記憶でも、当時、日本はアメリカに十年遅れている、といわれていた。

「東京オリンピックはどうだ？　世界中から選手団がやってきた。当然、スパイもそれにくっついてきてるだろう。選手は無理としても、通訳や職員に化《ば》けて」

私はいった。玉川が訳すと、デビッドは頷いた。

「確かにそうかもしれません。ミスタータマガワのお父さんは、オリンピックに何か関係していましたか」

玉川は首をふった。

「その年に亡くなったせいもあるが、まるでそんな記憶はないな。あ、でもそういえば……」

宙をにらんだ。

「はっきり覚えてないが、家に空き巣が入ったことがある。親父がまだ生きているときだった」

「それがいつだか覚えているか」

「たぶん、死ぬ直前くらいだったような気がする。家族三人で動物園にいって、帰ってきたら、家が荒されてた。被害はたいしたことなくて、現金がいくらかだったと思う」

その直後に亡くなったことを考えると、無関係ではないかもしれない。

「お父さんは、どんな事故にあったんだ？」

私は訊ねた。

「これも記憶が定かじゃないんだが、確か会社帰りにひき逃げにあった。帰るのが遅くて、お袋が心配していたら、夜中に電話がかかってきた。父親が近くの世田谷通りで倒れていて救急車で運ばれたという。それで病院に駆けつけたら、もう亡くなってた」

「犯人は？」

「見つからなかった。親父は珍しくその日酒を飲んでいたみたいで、ただどこで誰と飲んだかはわからずじまいだった。警察の話では、たぶん酔ってふらふら道路を歩いていて、ひき逃げにあったのだろうと」

「どこで誰と飲んだのかがわからない、というのが妙だな」

私はいった。拉致《らち》し、酒を無理に飲ませ、ひき逃げを装って殺したという可能性はある。ただ、問題はその動機だ。

「お父さんはFフィルムに入る前は何をしていた？」

「学生だ。昭和三年生まれで、大学を卒業してすぐFフィルムに入社したって聞いてる」

「過去の経歴が関係あるとも思えないな。巻きこまれたのかな」

「巻きこまれた？」

「仕事で、あるいはまるで無関係な何かで、ＣＩＡの秘密工作について知ってしまい、それが理由で殺された。俗にいう、口を塞《ふさ》ぐって奴だ」

「だとしたら仕事じゃないのじゃないかな」

やりとりをときどき通訳されながら聞いていたデビッドが訊ねた。

「お父さんと同じ会社で同時代に働いていた人を知りませんか」

「お袋だったら誰か知ってるかもしれない。空き巣の件もあるし、明日でもホームをのぞいてくる」

玉川は答えた。

「いつまで日本に滞在する予定ですか」

私は訊ねた。

「とりあえず四日間を予定していて、明日はアメリカ大使館にいきます。大使館が快く協力してくれるとは思いませんが」

デビッドは答えた。どうやらデビッドには、はっきりとしたテーマがあるようだ。五十一年前に日本のサラリーマンがＣＩＡに殺されたという文書だけで一冊の本を書こうとしているわけではない、と私は感じた。

「では明後日、私の実家を案内します。父の遺品もあります」

玉川がいうと、デビッドは微笑んだ。

「突然のお願いなのに協力を感謝します」

寿司屋の勘定を払うというデビッドと玉川が押し問答をした。デビッドには潤沢な取材費があるらしい。あるいはこれから書く本に対して、すでにアドバンス（前渡し金）を受けとっているのかもしれない。

旅費も自腹だとすれば、そうそう余裕があるとは思えない。衣服や腕時計などもさして高価そうではなく、お互い楽ではない物書き稼業としては、そのあたりが気になるところだった。


翌日の晩、玉川から電話がかかってきた。

「お袋に会って話をしているうちに、親父が死んだあと、何くれとなく面倒をみてくれていた人が近所にいたことを思いだした。親父の大学の後輩で、前園《まえぞの》さんて人だ。もう八十四になるんだが、すごくしっかりしていて、電話で話したら、明日、実家にきてくれるというんだ」

「まだ近所にいるのか？」

「いや。今は娘さんの家に身を寄せているらしい。娘さんが車で送ってくれることになった」

「デビッドには話したか」

「話した。お袋の話では、当時独身でしょっちゅう、うちに飯を食いにきていたらしいから、親父の仕事についてもいろいろ覚えているのじゃないかと。デビッドは喜んでいた。謝礼を払わなくていいのか、とまでいってた」

「やけに余裕があるな」

「俺もそう思った。アメリカじゃ、ライターってのは、そんなに儲かるのか」

「いや。いいスポンサーがついているのだと思う」

「出版社か？」

「か、エージェントだが、CIAの陰謀論にそこまで金がでるとは思えない」

「何か別の狙いがあるのか。デビッド本人がCIAだとか」

「わざわざ日本人の被害者の家族に旧悪を暴露するのか？　それともこれは近づくための作り話で、CIAの本当の目的はお前だとか」

私はいった。

「いい、うちの今のメインは、タイからのインスタントラーメンの輸入だ。けっこう儲かってるが、CIAが興味をもつと思うか」

思わない、と私は答えた。そしてデビッドを拾って実家に向かうという玉川と、世田谷の実家で待ちあわせた。

翌日、聞いていた住所をカーナビゲーションに入力し、自分の車を走らせた。東京農大の南側で、世田谷通りに面した小さな一戸建てだった。今でこそ賑《にぎ》やかだが、玉川が子供の頃は、あたりは畑や田んぼだらけだったという。近くのコインパーキングに車を止め、玄関先に蘇鉄《そてつ》の植わった家のインターホンを押した。

これだけはとり替えたとわかる頑丈そうな扉が内側から開き、ジーンズをはいた玉川が姿を現わした。

「よう」

「昔、お袋さんに手料理をご馳走《ちそう》になったのをここにきて思いだした。メンチカツとエビフライだった。うまかったな」

私がいうと玉川は苦笑した。

「徹マン明けで、腹ペコだったからうまく感じたのさ。お袋はあんまり料理が得意じゃなくて、無難なのが揚げものだった」

玄関をくぐるとリビング、食堂があり、その奥が、私も泊まったことのある玉川の部屋だ。二階が確かお袋さんの寝室だった。

「親父さんの書斎は？」

「書斎ってほどのものじゃない。二階だ。今、デビッドがいる」

老人ホームにお袋さんを入れたあとは、この家を処分するつもりなのだろう。食堂はがらんとしていた。

「一階に関しちゃ女房がきて、ちょこちょこ片づけをしてる」

階段を登りながら玉川はいった。玉川に子供はおらず、夫婦で三軒茶屋《さんげんぢゃや》のマンションに住んでいる。

書斎というには確かにささやかな部屋だった。階段の降り口に面した四畳もない和室だ。座卓と座椅子、小さな本棚がおかれ、所在なげにデビッドがすわっている。床にすわるのが苦手なのか、体育ずわりのように膝《ひざ》をかかえていた。

座卓の上に変色した古い段ボール箱が四つ積まれていた。小包みで、荷札を見ると、発送したのはFフィルム社だ。

「これは？」

「親父の、会社にあった私物らしい。届いてからずっとそのままだ」

「五十一年間？」

「ああ。お袋は、この部屋にすら、あまり入りたがらなかった」

「この箱の中を見たいのですが、いいでしょうか」

デビッドが訊ね、玉川は頷いた。

「もちろんそのつもりでご案内したんですから」

段ボール箱にかけられた紙紐はハサミを用意するまでもなく、簡単にひきちぎれた。中に入っていたのは大学ノートやレポート用紙をコヨリで束ねたものだ。大学ノートの表紙には「ラピッドエイト」と万年筆で書かれている。何と書いてあるかと訊ねたデビッドに、

「ラピッドエイト」

と玉川は答え、ノートを手にとった。

そのとき階下でインターホンが鳴った。

「前園さんかな」

「俺がいこう」

私はいって、階段を降りた。

扉を開けると、四十代の初めとおぼしい品のいい女性と、ポロシャツを着た大柄なお年寄りが立っていた。

「前園でございます。お邪魔いたします」

「玉川の友人です。玉川は上におります」

私は名乗って頭を下げた。私の名を聞いた女性の目が広がった。

「あの、もしかして作家の先生でいらっしゃいます？」

「はい」

「嬉しい。ファンです。玉川さんのお友だちだとはうかがっていましたが、こういう風にお会いできて光栄です」

女性は頬を赤らめた。品がいいだけではなく、センスもいい。

「とんでもない。わざわざご足労いただいて恐縮です」

「私も先生のご本は読んだことがあります」

前園氏がいった。

「現実にはなかなかなさそうな話だが、おもしろかった」

「そんないいかた、失礼よ」

「いえいえ。現実にあっちゃたいへんなことを書いているわけですから。どうぞ、おあがり下さい。私がいうのも変ですが」

私は二人を招き入れた。

「前園さん親子がみえた」

階段の下から声をかけると、

「上は狭いから、降りていくよ」

玉川が答え、やがてデビッドと二人で段ボール箱を抱えて降りてきた。

リビングのテーブルの上に段ボール箱をおき、ふたつある古い長椅子に私たち全員は腰をおろした。

玉川がデビッドを紹介すると、前園氏が流暢な英語で自己紹介した。工作機械メーカーにかつては勤め、シカゴに駐在していたことがあったという。

英語に堪能な人間ばかりで、いささかコンプレックスを感じる。

デビッドがレコーダーとノートをおき、インタビューを開始した。

「名前と年齢、ミスタータマガワとの関係を話して下さい」

「コウシ・マエゾノ。タマガワサンは、大学の先輩で、地方出身の私の面倒をよくみてくれました。大学卒業後も、ご結婚後住んだ家が近所だったこともあって、よく私はここに遊びにきては、食事やお酒をご馳走になりました。年齢はタマガワサンが三つ上で、生きておられたら八十七になられます」

途中英語がたどたどしくなり、玉川が通訳に回った。

「ミスタータマガワが亡くなられたときのことについて話して下さい」

「あのときは驚きました。玉川さんが酔って車にひかれるなんて信じられませんでした。ただ、玉川さんにとってはつらいことがあったので、そのせいで深酒をされたのかもしれない、とはあとで思ったりしました」

「つらいこと？」

前園氏は頷き、玉川を見た。

「そうか。あなたはまだ小さかったからご存知ないか」

とつぶやいた。

デビッドも興味津々という表情で前園氏を見つめている。

「あの年は、東京オリンピックがありました。そしてそれに向け、玉川さんと玉川さんの会社の人たちは、ある新製品を開発していたのです。それは八ミリフィルムを使った小型の映画撮影機でした」

「それって、あの、女優がテレビで宣伝していた――」

私がいいかけると、前園氏は首をふった。

「それはフジカシングルエイトで、玉川さんたちが開発されていた機種の次の製品です。玉川さんたちが手がけられていたのは、何といったかな……結局、製品化されなかった――」

「ラピッドエイト、ですか」

玉川が段ボール箱から見つけたノートを掲げた。

「それだ！ ラピッドエイト。そういっておられた」

ここからは前園氏の話だ。

八ミリフィルムを使った映画の撮影機は、海外のメーカーによって一九三〇年代からすでに存在していたという。が、フィルムの装塡《そうてん》や掛けかえの方式が複雑で、十六ミリフィルムを使った撮影機に比べると市場はのび悩んでいた。

そこでFフィルム社は、他のカメラ研究所の協力も仰ぎ、まったく新しい八ミリフィルムのマガジンの開発に成功し、一九六四年の東京オリンピックに向け、このフィルム形式を採用した撮影機の発売を決定した。これは国際市場も視野に入れた、画期的な新製品となる筈だった。

ところが、撮影機、フィルムともに量産態勢に入ろうという矢先、アメリカのK社が、新方式スーパーエイトの発売を発表した。

「スーパーエイトは、玉川さんの話では、同じマガジンタイプのフィルムを使用していながら、画面サイズがひと回り大きいという点で、まるで異なるものでした。ラピッドエイト発売直前に発表されたK社の新製品情報に、Fフィルム社は混乱し、二分したそうです」

ラピッドエイトを発売すれば、当然K社のスーパーエイトと競合する商品になる。残念ながら世界市場において当時、K社とFフィルム社の地位は大きく隔《へだ》たっていた。議論に議論を重ね、東京オリンピックという空前の販売チャンス目前で、Fフィルム社はラピッドエイト方式をスーパーエイト方式に転換することを決定した。その結果、準備していた新製品はすべて廃棄されることとなり、開発に携った玉川氏らは無念の涙を呑んだ。

「スーパーエイト方式を採用した上で、翌一九六五年に発売されたのが、フジカシングルエイトで、これは大成功をおさめました。残念ながら、玉川さんはそのときはもうお亡くなりになっていた……」

元工作機械メーカーの社員だけあって、前園氏の話は簡潔でわかりやすかった。同時に、「アメリカに追いつき、追い越せ」という当時の空気の中で新製品の開発に心血を注いできた、玉川の父親らFフィルム社の社員の落胆ぶりは、想像に難くなかった。

今ならアメリカ製品と日本製品を国際市場で競合させることに、何のためらいも感じないだろう。いや、むしろ日本製品の信頼度のほうが高いかもしれない。

だが五十一年前はそうではなかった。たとえ品質に遜色《そんしょく》がないとしても、市場の信頼という点では、日本製品はアメリカ製品にはるかに及ばなかったのだろう。

おそらく似たような屈辱《くつじょく》を味わわされた日本企業は、Fフィルム社一社だけではなかったにちがいない。海外市場を見返してやるという一念が、日本の工業製品の時代を築いたのだ。そして皮肉なことに現在は、他のアジア諸国の企業にもあてはまる展開となっている。

「なるほど。そんなことがあったのですか」

玉川は息を吐いた。

「お父さんは若手技術者として、ラピッドエイト方式の開発陣の中心におられました。ですから会社の方針がスーパーエイトに変更されたときは、さぞくやしかったろうと思います。ですからお酒に酔われて事故にあったというのを、ありえないことではない、と思いました」

前園氏は残念そうに告げた。

「お袋が、親父の部屋をそのままにして、会社から送られてきた小包みを開けもしなかったのは、それが理由だったんだな。親父の無念な思いを、もっていく場がなかった」

玉川はつぶやいた。

「だがそのことと、デビッドの調べている問題はつながらない」

私はいった。玉川の父親が亡くなった当時、失意の身であったことはわかったが、CIAに殺された理由は不明のままだ。

「CIAがラピッドエイトの技術を欲しがったとは考えられませんか。K社のスーパーエイトよりもスパイ活動に適した長所があったのかもしれない」

デビッドがいった。

「CIA、と今いわれたか？」

前園氏が訊き返した。

「ええ」

玉川が、デビッドの来日目的を前園氏に説明した。娘さんの顔が青ざめた。

「そんなことって本当にあるんですか」

「それを彼は調べにきたのです」

前園氏は唸り声をたてた。

「不思議な話だが、私の覚えている限り、玉川さんが諜報機関や外国人とつきあいがあったという話は聞いておらんな」

「そういえば空き巣の件はどうだった？」

私は訊ねた。

「空き巣。この家が空き巣に入られたのは覚えておる。玉川さんが亡くなる、ほんの何日か前だ」

玉川が答える前に、前園氏がいった。

「泥棒は、何を盗《と》っていったのですか」

デビッドが訊ね、前園氏は首をふった。

「たいしたものは何も。現金がわずかばかりだ」

「その当時、この家にラピッドエイトはあったのでしょうか」

ふと思いつき、私はいった。前園氏は頷いた。

「あったと思う。私も、東京オリンピックの聖火ランナーを撮影するのに借りたことがある。発売はされなかったが、ラピッドエイトのプロトタイプを玉川さんはもっていた。開発中もよく、この前の通りの景色を撮っていた。近くの馬事公苑《ばじこうえん》でおこなわれた馬術競技を撮影した筈だ」

「オリンピックの馬術競技を、ですか」

私の問いに前園氏は頷いた。

「それは何となく覚えているぞ。親父が小さいカメラをもって、この家の中で俺にいろんなことをさせては撮っていた」

玉川がいった。

「そのフィルムはどうなったんだ？」

「たぶん会社にもっていって現像したのだろうが、一度も見せられなかった」

私はまだ開けていない段ボール箱を指さした。

「この中かもしれない」

デビッドが動いた。未開封のふたつの箱を手早く開く。その中のひとつに、正方形の紙箱がいくつも入っていた。開くと、スプールに巻かれたフィルムが転げでた。

「これだ」

フィルムのひとつを窓に向け、中身をすかした玉川がいった。

私は小包みの中に入っていた封筒をとりだした。変色した茶封筒で、中は社用便箋《びんせん》に書かれた手紙だった。玉川の母親にあてたもので、悔やみの言葉とともに、玉川の父親が撮影したラピッドエイトのフィルムが現像できたので、思い出になればと送ったとある。書いたのは、父親の同僚だった人物のようだ。

手紙の日付は、一九六四年の十一月八日だった。フィルムは全部で八本あった。

我々はテーブルの上のフィルムを見つめた。私はいった。

「空き巣が入ったのが十月の三十日あたりだとして、そのときこのフィルムは、ここではなく親父さんの会社にあった」

「空き巣の狙いは、このフィルムだったというのか？」

「可能性の話だ。空き巣と親父さんの事故死を無理につなぐならそうなる。このフィルムに何かまずいものが写されていて、それを盗もうとした奴がいた。だがうまくいかず、親父さんの口を塞ぐことにした」

「なんで？」

「どこでフィルムが上映されるかわからない。持主が死ねば、上映はされないと考えた」

玉川が私の意見をデビッドに通訳した。

「充分に考えられることです。排除の動機としては不適切ですが、工作員が賢明でなければ、そういう判断を下した可能性はあります。当時のＣＩＡは、日本と日本人に対して、同盟国にふさわしい敬意を払っていたとはいえません」

デビッドはいった。

「確かに六〇年安保の四年後だからな」

私はつぶやいた。

「六〇年安保って何でしょうか」

前園氏の娘さんが訊ねた。

「一九六〇年に発効した、日本とアメリカの安全保障条約です。相互防衛の義務などの条項があったため、学生などによる反対デモが盛んにおこなわれました」

私が答えると、玉川がスマホで検索した。

「ハガチー事件というのが起きているな」

「知らないな。何だ？」

私は訊ねた。

「一九六〇年の六月十日。アイゼンハワー大統領の露払《つゆはら》いとして来日したハガチー大統領秘書を羽田《はねだ》空港に出迎えたマッカーサー駐日大使らの乗った車がデモ隊に包囲され、身動きできなくなった。デモ隊は八千人もいて、結局米軍のヘリコプターで脱出する羽目になり、結果、アイゼンハワー大統領の訪日計画が中止になった」

「そんなことがあったんですね」

「日本が共産主義国家になる可能性を恐れたアメリカ人もいたでしょうね」

玉川が英語でデビッドにいった。デビッドは首をふった。

「かもしれませんが、私が生まれる前です」

「話を今に戻そう。このフィルムが原因だったのかを知るには、見る以外方法がない。八ミリの映写機はあるか？」

私は玉川に訊ねた。

「以前はあったが捨てちまった。使うことはもうないと思って」

「どうする？」

「たぶんどこかでＤＶＤに焼いてくれると思うんだが」

玉川がやりとりをデビッドに通訳した。

「それでは時間がかかりすぎます。私が日本にいるあいだにＤＶＤにならないかもしれない」

デビッドは深刻な表情になった。

「確かに。じゃあどうします？」

デビッドが電話をとりだした。

「知り合いが映画会社に勤めています。協力を頼めるかもしれません」

「日本の映画会社ですか？」

「いえ。ハリウッドの映画会社の、極東地区のマネージャーなのです。彼なら何か、いい方法を教えてくれるでしょう」

デビッドはスマホを耳にあて、立ちあがった。リビングルームをでて、我々には聞こえないところで話している。

「日本にくるのは初めてだといってたよな」

私はいった。玉川は頷いた。

「いろいろコネがあるみたいだがな」

「下の名前は何といいましたかね」

前園氏が訊ねた。

「ええと、カウフマンですね。デビッド・カウフマン」

玉川が答えた。

「ユダヤ人ですな。映画産業にはユダヤ人が多い。だからコネがあるのでしょう」

前園氏はいった。

デビッドが戻ってきた。

「私にフィルムを預けていただけますか。二十四時間あれば、DVDに落とせると友人がいっています」

私と玉川は顔を見合わせた。

「かまいませんが……」

玉川はいいかけた。

「DVDを見るときは、全員いっしょで、という条件でなら」

私はいった。玉川が頷いた。

「もちろんそうするつもりです。ミスタータマガワに写っている人や景色を教えていただかなくてはならない」

きっぱりとデビッドは答えた。

DVDの「上映会」は、玉川の会社で開かれることになった。玉川の会社は港区赤坂の雑居ビルにあり、デビッドのホテルからも近い。

DVDの焼きあがりは、夜の八時を過ぎるという。新宿にある映画会社にデビッドを連れていくのは、私の役目になった。玉川はその日一日、仕事で会社に詰めていなければならないらしい。

デビッドを夕方ホテルで拾い、私は新宿に向かった。つたない英語でのやりとりは、あっというまに途切れ、私は無言で車を走らせた。

デビッドから教えられた住所は、西新宿七丁目で、ハリウッドの映画会社の極東支社があるにしては庶民的な一角の雑居ビルの三階だった。

車をビルの前で止め、私はデビッドに車内で待つよう告げた。

「私がDVDをもらってきます。あなたの友人の名は何といいますか」

デビッドは一瞬迷うような表情を見せたが、小さく頷いた。

「シュタイナーといいます」

「シュタイナーさんですね」

「電話をします」

デビッドが電話をとりだしたので、私は礼をいって車を降りた。雑居ビルに入り、エレベータで三階にあがる。

三階はいくつもの表札を掲げた事務所だったが、映画会社の名はない。

「ヘブライ文化普及会」「シオン国際協会日本支部」「マサダ観光案内」などとあり、前園氏の言葉を私は思いだした。

ガラス扉をノックし、押し開いた。受付らしきカウンターに白人の若い女性がすわっていて、

「こんにちは」

と日本語で微笑みかけてくる。

「カウフマンさんがお願いしていたDVDをうけとりにきました」

「お待ち下さい」

若い女性はいって、手もとの電話を耳にあてた。美人だが、がっちりした体つきをしている。イスラエルには男女を問わず徴兵制があることを私は思いだした。

やがてガラスの仕切りの向こうから、頭がきれいに禿げあがったスーツ姿の白人が姿を現わした。

「今、カウフマンさんから電話ありました。これが頼まれていたDVDです」

袋をさしだした。

「サインをもらえますか」

受領証らしい紙を渡される。ふと気になり、訊ねた。

「カウフマンさんはフィルムを昨夜、ここに届けたのですか」

「いえ。ホテルに私がとりにいきました。カウフマンさんと久しぶりに会いたかったので」

「古いお友だちなんですね」

白人はにっこり笑った。肯定も否定もしない。袋の中は八ミリフィルム八本とDVD一枚だ。受領証にサインし、私は事務所をでた。

車に乗りこむと、デビッドが訊ねた。

「私の友だちに会いましたか？」

「会いました。彼はアメリカ人ですか」

わざと私は訊ねた。

「イスラエル人。とてもいい人です」

デビッドは答えた。

玉川は会社の応接室にデリバリィのコーヒーとサンドイッチを用意し、待っていた。

「本当にすぐできたんだな」

ＤＶＤを袋からとりだした玉川は、感心したように首をふった。

「映画会社じゃなくて、イスラエル政府の出先機関みたいな事務所だった」

「なるほど」

三人でソファに腰かけた。大画面の壁かけテレビにつないだパソコンに、玉川がＤＶＤをセットした。映像は百分以上ある。

「再生するぞ」

いきなりモノクロ画面に、坊っちゃん刈りの男の子が映しだされた。床いっぱいに散らばったレゴを組み立て、遊んでいる。

「俺だ」

「わかるよ。あまりかわってないな」

私がいうと玉川は苦笑し、再生スピードを早めた。きのう訪ねた玉川の家の映像がつづいた。庭で三輪車をこいでいる自分に、玉川は息を吐いた。

「なつかしいな。この三輪車」

どうやら一本目のフィルムの映像は、すべて玉川を撮ったもののようだ。

次に映ったのは、どこかはわからないが、東京の広い通りだった。歩道がぎっしりと人で埋まり、制服の警官が車道の端に立ち、画面右奥を見つめている。

「マラソンか駅伝か？」

やがて胸に日の丸をつけたランニングウエアの一団が姿を現わした。先頭のランナーは白い煙をたなびかせる聖火を掲げている。その煙は驚くほどの量で、一瞬にしてあたりが霧に包まれたように白く染まった。

「これは青梅《おうめ》街道だな。覚えてないが、こんな大がかりに聖火ランナーを走らせたんだ」

玉川がつぶやいた。

「しかもひとりじゃなくて十人以上いる。ずいぶん多勢が伴走していたんだ」

聖火ランナーを先頭に走る人々は、今見ると厳粛すぎて、どこかこっけいですらある。つまりはそれだけ、オリンピックが我が国で開かれることに期待が集まっていたのだろう。

映像は、正面を走りすぎ、遠ざかる聖火ランナーを追っていた。が、私としてはむしろ沿道の景色や集まった人々をもっと見たいと感じた。

デビッドはずっと無言だった。青い目をみひらき、画面を見つめている。

次に映ったのは、世田谷通りだった。今と異なり、大きな建物はほとんどない。車もたまに走りすぎるくらいだ。世田谷通りだとわかったのは、カメラがパンして、玉川の家が映ったからだ。

電柱がまっすぐな道の両側に立ち、瓦屋根の家が並んでいる。車が走りすぎた。古い観音開きの扉のクラウンだ。オート三輪も走っている。

やがて画面がかわった。

「馬事公苑だ。子供の頃よく歩いていったからすぐわかる」

玉川がいった。公苑の内部ではなく、駐車場のようなところに玉川がいた。

「ストップ！」

不意にデビッドが叫んだ。玉川がパソコンを操作した。

「少し戻して下さい」

デビッドがいった。

ボール遊びをしている玉川のうしろに、大型のアメ車が止まっていて、内部に男が二人いた。二人とも白人だ。ひとりは濃いサングラスをかけている。

デビッドがパソコンをテーブルにおき、立ちあげた。検索していたようだが、やがて、

「この男ではありませんか」

とパソコンの画面を指さした。

軍服を着た、金髪の男の写真だった。ネクタイに黒い制服を着け、片方の襟《えり》に葉のマークが入っている。第二次世界大戦時のドイツ軍将校とわかった。

「誰です?」

「ナチス親衛隊のシュミッツ少佐です。戦犯の疑いをかけられていたにもかかわらず、逮捕されていません」

デビッドの目が興奮に輝いていた。

「ハンス・シュミッツは、一九一一年生まれで、一九四五年五月のナチスドイツ降伏

時には三十四歳でした。アドルフ・アイヒマンやヨーゼフ・メンゲレと同様に連合軍の追及を逃れ、南米に逃亡したと考えられています。実際、一九四九年にはアルゼンチンでの目撃情報があります」

「どうやって逃げたんです？」

玉川が訊ねた。

「ナチスは、大戦末期から敗戦直後にかけ、Uボートなどを使い、財産や人間を南米に移していました。ラディスラス・ファラゴによれば、それは八十億ドル相当の財宝と十五万人のナチス党員だったといわれています。チリ、ブラジル、アルゼンチンなどにドイツ人コミュニティが作られ、逃亡した戦犯をかくまっていました」

アドルフ・アイヒマンの名は私も知っていた。ナチス親衛隊の元中佐で、数百万人のユダヤ人の虐殺に関与した罪で追われ、南米に逃亡。潜伏していたが確か一九六〇年にイスラエル諜報機関に捕らえられイスラエルに連行され、裁判ののち処刑された人物だ。

「この男も虐殺に関係したんですか」

「いえ。シュミッツの容疑は、ソ連軍捕虜に対する拷問《ごうもん》です。大戦中、シュミッツは対ソビエト諜報活動をおこなう、ラインハルト・ゲーレンの部下でした」

「ゲーレンの名前は聞いたことがあります。確か戦後、『ゲーレン機関』という諜報機関を作り、CIAに協力した人物ですね」

私がいうと、デビッドは感心したように頷いた。

「よくご存知ですね」

「小説の材料に使おうと調べたことがあったんです。ただあまりに昔のことなので、現代を舞台に扱うのは難しく、あきらめました」

逃亡したナチスドイツの残党が南米で復活を企《くわだ》てる話は、欧米のミステリーなどでは数多く書かれていて、それだけ魅力的な題材なのだろう。だがこのゲーレンやアイヒマン、メンゲレなど、終戦直後の逮捕を逃れた人物たちは二十世紀初頭の生まれで、今では百歳を超えてしまう。舞台としては一九七〇年代までが限界だ。

デビッドは深々と頷いた。

「シュミッツはゲーレン同様、その専門知識によって、戦犯として裁かれるのを免れたのです。大戦終結後、アメリカの戦略情報部はソビエトと対立が生じるのを予測し、ソビエト軍に詳しいゲーレンやシュミッツを仲間にひきこみました。ゲーレンはそれによって、西ドイツ諜報機関BNDの初代長官となり、当時の彼の部下には、親衛隊やゲシュタポに所属していた戦犯容疑者が含まれていました」

玉川の通訳を聞き、

「シュミッツもＢＮＤに属していたのですか」

と私は訊ねた。

「いえ、シュミッツはソビエト軍が強硬に身柄の引き渡しを要求したため、ドイツには戻りませんでした。彼には二十八のときに結婚した妻と、翌年生まれた息子がいましたが、この二人はドイツに残されました」

「ずいぶん詳しいですね」

デビッドの目的というか正体に、私はようやく気づいた。ライターを称しているが、ナチスの残党を追っているハンターだ。戦後七十年もたち、関係者はほぼ死亡しているだろうに、イスラエルの機関は追及の手をゆるめていないのだ。

「シュミッツについての本を書くつもりなのです」

「ＣＩＡの陰謀ではなくて？」

玉川が訊き返した。

「シュミッツについて書くことが即《すなわ》ち、ＣＩＡの陰謀について書くことなのです。シュミッツはアルゼンチンで暮らしながら、ＣＩＡの人間と連絡をとっていました。そして一九六四年にアルゼンチン人として来日した記録が残されているのです。この映像が証拠です」

「オリンピックを見にきたというのですか。わざわざ、アルゼンチンから日本に？」

信じられないように玉川がいった。

「長いあいだ私もそれが謎でした。なぜシュミッツは南米から日本にやってきたのか」

私はそれを聞きながら、今日は持参した自分のノートパソコンを立ちあげた。五十五を過ぎてから使い始めた。原稿はあいかわらず手書きだ。一九六四年の東京オリンピックを検索する。

「第二次大戦後、東西に分断されたドイツは、一九五六年メルボルン、一九六〇年ローマ、一九六四年東京の三大会に関して、東西統一ドイツという選手団を派遣している。ちなみに東京オリンピックで、この統一ドイツ選手団は、五十箇のメダルを獲得し、金メダルは一位アメリカ、二位ソ連、三位日本につづく四番目の獲得数だ。その中でも特にドイツが強かったのが――」

「馬術か!?」

玉川がいい、私は頷いた。玉川が訳すと、デビッドはいった。

「ドイツは伝統的に馬術が盛んなのです。しかしそれがなぜ――」

「この映像が撮影されたのは、バジコウエンといって、オリンピックのときに馬術競技がおこなわれた場所です。おそらく止まっている車の多さからして、撮影はオリンピック開催中だったと思われます。つまりシュミッツは、このバジコウエンに競技を見にきていた」

「統一ドイツチームは、馬場馬術団体で金、個人で銀、総合馬術団体と個人の両方で銅を獲得しています」

私はいった。

「ただ残念ながら選手名に関しては、馬場馬術個人で銀メダルをとったハリー・ボルト選手しか、ここではわからない」

「シュミッツは、統一ドイツ選手団をバジコウエンまで見にきたというのですか？」

デビッドがいった。

「わざわざアルゼンチンからくるくらいですから、祖国のチームだからという理由だけではないでしょう。選手の中に近い人間がいたのかもしれません。先ほど、シュミッツは二十八のときに結婚し、翌年息子が生まれたといっていましたが、一九六四年なら息子は二十四歳です。選手か職員の中にいて不思議はない」

私はいった。

「息子に会いに日本にきたのか」

玉川がつぶやいた。

「年齢で逆算すると、ドイツが降伏したとき息子は五歳だ。シュミッツがその後すぐ国外逃亡したとすると十九年間会っていないことになる」

私はいった。

「わざわざ日本にまできたことを考えれば、息子が選手であった可能性は高いですね」

デビッドがいい、私たちはあらためてテレビの画面を見つめた。

「映像を先に進めるぞ」

玉川がパソコンに触れた。二人の外国人が映っていたのは一瞬だった。その後またカメラは玉川を追い、それからは怪しく感じるような映像を私たちが発見することはなかった。

私たちは再び、アメ車の中の二人の白人の映像に戻った。

「この男は何者です？」

私はサングラスをかけた、シュミッツではないほうの男を指さし、デビッドに訊ねた。

デビッドは首をふった。

「わかりません。シュミッツが雇った運転手か通訳かもしれない」

「どちらでもないでしょう。当時、外国語が話せる通訳は払底《ふってい》していた筈です。この男はおそらくシュミッツに息子を見せるために、ずっとつきそっていた人物で、しかも玉川の親父さんが二人を撮影していたことに気づいた」

私はいった。

「確かにサングラスごしではあるが、カメラをにらんでいるな」

玉川が頷いた。デビッドは画面を見つめている。

「アメリカ大使館で、何かわかったことはありますか」

私はデビッドに訊ねた。デビッドは首をふった。

「いえ、五十一年も前ですから、排除については、誰も何もわからないの一点ばりでした」

「この男についてなら、わかるかもしれませんよ」

「彼が、玉川さんのお父さんを排除したCIAだというのですか」

「直接手を下したかどうかはわかりませんが、指示をした人物かもしれない」

デビッドは私を見つめた。

「なるほど。そうですね」

ゆっくりと答えた。

この先を、私はいうべきかどうか迷った。が、ここまでかかわった以上、黙っているのも嫌だった。

「デビッドさん、あなたの目的は、ナチスの戦争犯罪者の追跡であると同時に、CIAが彼らの逃亡に手を貸したと証明することではありませんか」

訳しながら玉川は、大丈夫かというように私を見た。

「おっしゃる通りです。私は作家ですが、イスラエル政府の援助もうけています」

「モサド、ですか」

私がいうと、デビッドは首をふった。

「彼らのような訓練をうけてはいません。私の仕事は書類を探し、インタビューをする、それだけです」

「シュミッツの足どりについては、どこまでわかっているのですか」

「シュミッツは一九八九年に、アルゼンチンで亡くなりました。一九六八年にアルゼンチンで再婚し、子供はいませんでした」

「するとシュミッツを探してつかまえるわけではないんだ」

玉川がいった。

「ええ。重要なのは、シュミッツにＣＩＡが協力した、という事実です。この男は、シュミッツの身を守るためにミスタータマガワのお父さんを殺したかもしれない。おそらくＣＩＡの人間で、今回公開された公文書は彼の報告書だと思います。私はそれをイスラエル政府に伝えるつもりです」

デビッドは玉川を見つめた。

「それで、何かが起こるのですか？」

とまどったように玉川は訊ねた。デビッドは微笑んだ。

「何も。何も起こりません。表面上は」

「ただアメリカとイスラエルの外交上の駆け引きの中で、イスラエルにとっては使える材料になるかもしれない。たとえばこの映像をインターネット上で公開すれば、改めてＣＩＡがナチスの戦犯容疑者とつながりがあったという証拠になる。このサングラスの男の正体は、インターネットでならすぐにつきとめられる」

私はいった。

玉川が訳すと、

「確かにその通りです」

デビッドはいって、玉川のパソコンに触れ、ＤＶＤをとりだした。

「このＤＶＤは、私がいただきます。あなたには八ミリのフィルムがある」

玉川を見つめ、告げた。

「そういうことか」

玉川は低い声でいった。

「インターネットにアップするかどうかは、ミスタータマガワの自由です。ただ平穏な生活をつづけられたいのなら、やめたほうがいいでしょう」

デビッドはいい、自分のパソコンと共にＤＶＤをショルダーバッグの中にしまった。

「お二人の協力を感謝します。日本にきて、知りたかった情報を得ることができました」

デビッドはソファから立ち、深々と、とってつけたようなお辞儀をした。

「それでは私はこれで失礼します。コーヒーとサンドイッチをごちそうさまでした」

「デビッド」

応接室の扉に手をかけたデビッドを、私は呼び止めた。

「何でしょう」

「本当はサングラスの男の名前も、あなたは知っているのではありませんか。見せてくれた書類は、玉川のお父さんの名前以外は塗り潰されていたが、本当はちがったのじゃありませんか」

玉川が訳したあと、

「確かにそうだ。親父の名前だけ残っているのは妙だと思ったんだ」

私にいった。

デビッドの表情はかわらなかった。私はつづけた。

「アメリカ大使館にいったのは、あの男のその後の情報を得るためだった。あなたは、シュミッツとあの男の関係を知っていて、それを裏づける情報を得るために、日本にきた」

デビッドはすぐには答えなかった。私を見つめ、それから玉川を見た。

「彼の名については、今ではなく、私の仕事が終わってから、ミスタータマガワに伝えます。なぜなら、彼はまだ生きているからです。高齢ですが、フロリダの老人ホームにいる。私が彼と会い、インタビューを終えたら、メールを送ります」

デビッドは告げ、応接室をでていった。私たちは二人とも、しばらく無言だった。

やがて玉川が口を開いた。

「コーヒーじゃないものを飲みたくなったな」

私の頭にはなぜか、遠い昔テレビで見た東京オリンピックの開会式の光景がよみがえっていた。とりどりの制服に身を包んだ選手団の行進を、あのときの日本人の大半がきっと感じていたにちがいない晴れがましい気持で、私も見た。

「同感だ。何だか、体が冷えちまった」

私は答えた。

解説

内藤麻里子（文芸ジャーナリスト）

三十年以上、推理小説家で食べていて、いまだ原稿は手書き、仕事終わりは六本木や銀座のクラブに繰り出す。大学を中退して数年後、新人賞を受賞してデビューしたものの、本を出しても一向に売れなかった。ある刑事シリーズをきっかけに売れ始めて注目を集め、文学賞を受賞した。

大沢在昌その人を彷彿《ほうふつ》とさせる作家の「私」が主人公の連作短編集である。ちなみに実際の大沢さんは二〇一九年、作家生活四十年を迎えた。

一七年に刊行された本書『覆面作家』の単行本の帯には、「これはリアルそのものといっていい」という著者の言葉が載っていた。何がリアルかというと、そこに描かれた作家の日常だ。その点で、言わずと知れたハードボイルド、ミステリー小説の第一人者が読者に贈る異色の作品なのである。「新宿鮫」シリーズ、『海と月の迷路』

（二〇一三年、翌年吉川英治文学賞受賞）などを生んだ、バリバリ硬派なイメージがある作家の舞台裏をのぞくような楽しみがありながら、ちょっと背筋が寒くなる物語八編を収録している。

どこまでがリアルな大沢さんの日常なのか、いたずら心込みで類推しながら一編ずつ味わってみたい。

第一話「幽霊」は、非公開の仕事場の番号に知らない人物が電話をかけてきたことから幕が上がる。これはかなり怖い状況である。今時は本人の了解がない限り、電話番号を第三者に教えることはない。かつては本の奥付に作家の住所、電話番号が載っている時代があった。だから知らない人物がかけてきて、真っ向からやり取りして難儀した顚末《てんまつ》をエッセイに書く作家もいたものだ。

ともあれ、電話である。情報提供したいというのだ。けれど「私」は、「犯罪小説を書く上で、現実に起こった事件をモデルにしたことは一度もない」のだ。これは大沢さんのリアルであろう。書いた後で実際の事件が追いかけてくることがあるのは、作家の想像力がいかに時代や人間心理の深層をつかみ取っているかの証左でしかない。蛇足ながら、手書き原稿のパソコン入力をめぐる女性作家とのやり取りには思わず笑いが込み上げた。

小説の構造を少し明かすサービスもしてくれる。事実は小説より奇なりで何でもありだが、それを小説でしてしまうと途端に安っぽくなって読めたものではないという点だ。

さて、提供したいという情報は、存在してもおかしくないような不気味な集団の話だったが、ふと、待てよと思う。大沢作品には、そういう組織が登場することがよくあるではないか。かなり大胆な設定でも、細かいディテールと周到な描写で違和感なく読ませてしまうのだ。

こうしてふり返ってみると、入れ込まれた要素の多さにちょっと驚いてしまう。しかし、全編惜しげもなく珠玉の要素を注ぎ込む。大沢在昌とは、そういう作家だ。

二話目の「カモ」は、自身の大学時代から作家として名を成すまでの足跡を思わせる背景に、ずっと続いた交友が描かれる。「私」が麻雀《マージャン》のいいカモだった頃と、その友人が思いがけない計画に引っかかるまでの対比が鮮やかだ。若い頃からずいぶんと遠いところまできた感慨がわく。遠いところはまた、怖い世界でもあったわけだが。

学生時代の麻雀遊びや、ナンパに精を出す日々は、こんなふうに過ごしていたのかなとほほえましい。大学を中退して、「多くの友人たちは離れていった」のも世知辛《せちがら》い現実なのであろう。ホステスとのやり取りや、女性の人相判断など、さりげないけれど大沢さんならではの読みどころもたくさん潜んでいる。

第三話「確認」は、バブル崩壊後のホステスのタクシー事情から始まる。遊び慣れていない身には、こんな説明がすこぶる面白い。

編集者と書き手の締め切りをめぐるちょっとした攻防、「締切りというのは、なぜか休み明けに設定されることが多い」というのは、事実だ。編集者側からすれば、休む直前にお原稿をもらっても作業できないし、だったら休み明けの方が自らの仕事効率だけでなく、執筆者にも時間的余裕ができてよいだろうという配慮もあるのだが、確かに「お原稿を書く側は、休み期間中が労働時間になる」。永遠に解けない問題のようだ。

で、こんな舞台の中で話題になるのが「殺し屋」である。騙《かた》りの殺し屋と、本当かもしれない殺し屋との邂逅《かいこう》を巧妙に描く。

第四話「村」は、もしこんな村があったとしたら小説の舞台になってもおかしくない。と、ここまで書いて思い出したことがある。

大沢さんには『魔女の笑窪』（〇六年）に始まる「魔女」シリーズがある。この主人公が売春の島「地獄島」にいた前歴を持つ。足抜けした者には生涯追っ手がかかる。暗黒組織が牛耳《ぎゅうじ》っている設定だった。架空の島だと思っていたが、その後、〝売春島〟があったというルポを知って驚いた。地獄島は完全な創作だったのか、それともこの売春島を知っていてヒントにしたのかは知るべくもないが、今回のこの村もあるいは……と想像をたくましくせざるをえない。

作家として常にアンテナを張っている大沢さんのことゆえ、情報は入っていたとみるべきだろう。それにしても今回のこの村のあり方は、少子高齢の社会で過疎《かそ》の地域が生き残る方法として、笑って読み過ごすだけではいられないロマンを感じてしまう。

ちょっと気障《きざ》で、哀愁に満ちた恋物語を味わわせてくれるのが、第五話「イパネマの娘」だ。この恋の話に対置されるのが、マッサージときた。

座りっぱなしで資料を読み、原稿を書く。肩、首、腰は常に凝りに凝っている。大沢さんにも「いやし庵《あん》」のような行きつけの治療院があるかもしれない。そこには相性のいい、ひいきのマッサージ師がいるだろう。いい心持ちで眠りに落ちる至福の時を過ごしているに違いない。

あられもない現実生活から、バックに流れるボサノバの調べに乗って夢のような若き日の焦燥と恋が回想される。ご本人にこんな恋があったとしたら素敵だが、とても切ない。実は硬派なだけではない、大沢さんの繊細さにほんの僅か触れたような気がする。また、この語り口がたまらない。うまさにやられてしまう一編といえよう。

第六話「大金」は、タイトルとあまり関係ないような図書館主催の講演から始まる。

この図書館で「私」の作品は回転率が高く、そのため講演の依頼があった。こういうことはままあるのだろうと思う。一方で、図書館に対して作家が抱く複雑な気持ちも偽らざるところだ。図書館の本を読む人の習性を、テレビで映画を楽しむ伯母と並べて語る部分は興味深い。「発売後一年たってからようやく順番が回ってきても、その人にとっては『新刊』なのだ」。私も常に新刊を読む仕事をしているので、なるほどと、目を開かされる指摘だった。こういう洞察があるのも、小説を読む楽しみの一つだ。

酒場での会話は、推理小説家あるあるだろう。客は聞く。「実際に起こった事件の犯人を推理することとかあるんですか」。「私」は否定するが、実は昭和の半ばまで、特異な事件が起きると新聞は江戸川乱歩や野村胡堂ら探偵小説作家、捕物帳作家に意見を聞いて談話を掲載していた。今や考えられないが、おおらかな時代があったのだ。警察が捜査の参考にと相談してくることもあったと聞く。今もまだそんなことはあるのか、大沢さんに聞いてみたい気がする。

表題作となる七話目の「覆面作家」は、作家周りの実情が明かされている。授賞式のパーティーの様子や、作家の才能と努力について、インターネット上での批評と誹《ひ》謗《ぼう》、新人作家に各出版社が殺到する風潮などを率直につづって物語世界を構築していく。

その中で、お、と思ったのが、「私」が「売れる人を必ず見抜く」と言われ、冗談半分本気半分で出版社の顧問に誘われたことがあるというくだりだ。大沢さんだったらさもあらんと、妙に納得してしまった。万が一、嘘だったとしてもこの作家にはそう思わせるところがある。

こんな雰囲気で語られるのは、友人との奇《く》しき因縁だ。友人を思いやる優しさや温情を示したい状況ではあるものの、どうしてやりようもないやるせなさがにじむ。

最終話の「不適切な排除」は、なんとナチスにつながる。国際陰謀小説といえる濃厚な一編を締めに置いた。詳しいストーリーはここでは触れないが、ナチス残党の話は「一九七〇年代までが限界だ」と書いているのは、作家の実感ではないか。

いずれの物語も「私」を通り過ぎた出来事だ。決着をつけるには重すぎたり、怖《こわ》すぎたりする。それらの出来事はこれでもかというほど彩り豊かに描かれ、短編にしてしまっていいのかといらぬ心配をしてしまうほどアイデアに満ちている。

柔らかさ、繊細さをふとのぞかせるが、ただし、ハードボイルドのテイストも程よく効き、ほろ苦く思い出すことはあっても引きずりはしない。すべては滋養として「私」の内に堆積していくのだ。幕引きの一編がナチスの話だからというわけではないのだが、どの作品世界にも哀愁とノスタルジーが漂う。正統派のハードボイルド、ミステリー短編を読んだ余韻が後を引く。

しかもそれらを、作家を主人公にして自身の日常生活のリアリティーで飾りながら語るという離れ業《わざ》。生身の大沢在昌にちょっと触れたかなと思うと、虚構と現実が入り混じって幻惑されていく。

大沢さんの異色作にして、熟達の筆にたっぷり酔わせてもらった。

本書は二〇一七年十月、小社より単行本、二〇二〇年四月、ノベルスとして刊行されました。

本作品はあくまでも小説であり、作品内に描かれていることはすべてフィクションです。

|著者| 大沢在昌　1956年、愛知県名古屋市出身。慶應義塾大学中退。'79年、小説推理新人賞を「感傷の街角」で受賞し、デビュー。'86年、「深夜曲馬団」で日本冒険小説協会大賞最優秀短編賞。'91年、『新宿鮫』で吉川英治文学新人賞と日本推理作家協会賞長編部門。'94年、『無間人形 新宿鮫Ⅳ』で直木賞。2001年、'02年に『心では重すぎる』『闇先案内人』で日本冒険小説協会大賞を連続受賞。'04年、『パンドラ・アイランド』で柴田錬三郎賞。'10年、日本ミステリー文学大賞を受賞。'14年には『海と月の迷路』で吉川英治文学賞を受賞した。

大沢在昌公式ホームページ「大極宮」
http://www.osawa-office.co.jp/

覆面作家《ふくめんさっか》
大沢在昌《おおさわありまさ》

講談社文庫
定価はカバーに
表示してあります

2021年4月15日第1刷発行

発行者――鈴木章一
発行所――株式会社　講談社
東京都文京区音羽2-12-21　〒112-8001
電話　出版（03）5395-3510
　　　販売（03）5395-5817
　　　業務（03）5395-3615
Printed in Japan

デザイン―菊地信義
本文データ制作―講談社デジタル製作
印刷―――大日本印刷株式会社
製本―――大日本印刷株式会社

ISBN978-4-06-523060-2

講談社文庫刊行の辞

二十一世紀の到来を目睫に望みながら、われわれはいま、人類史上かつて例を見ない巨大な転換期をむかえようとしている。

世界も、日本も、激動の予兆に対する期待とおののきを内に蔵して、未知の時代に歩み入ろうとしている。このときにあたり、創業の人野間清治の「ナショナル・エデュケイター」への志を現代に甦らせようと意図して、われわれはここに古今の文芸作品はいうまでもなく、ひろく人文・社会・自然の諸科学から東西の名著を網羅する、新しい綜合文庫の発刊を決意した。

激動の転換期はまた断絶の時代である。われわれは戦後二十五年間の出版文化のありかたへの深い反省をこめて、この断絶の時代にあえて人間的な持続を求めようとする。いたずらに浮薄な商業主義のあだ花を追い求めることなく、長期にわたって良書に生命をあたえようとつとめるところにしか、今後の出版文化の真の繁栄はあり得ないと信じるからである。

同時にわれわれはこの綜合文庫の刊行を通じて、人文・社会・自然の諸科学が、結局人間の学にほかならないことを立証しようと願っている。かつて知識とは、「汝自身を知る」ことにつきていた。現代社会の瑣末な情報の氾濫のなかから、力強い知識の源泉を掘り起し、技術文明のただなかに、生きた人間の姿を復活させること。それこそわれわれの切なる希求である。

われわれは権威に盲従せず、俗流に媚びることなく、渾然一体となって日本の「草の根」をかたちづくる若く新しい世代の人々に、心をこめてこの新しい綜合文庫をおくり届けたい。それは知識の泉であるとともに感受性のふるさとであり、もっとも有機的に組織され、社会に開かれた万人のための大学をめざしている。大方の支援と協力を衷心より切望してやまない。

一九七一年七月

野間省一

講談社文芸文庫

平出 隆
葉書でドナルド・エヴァンズに
解説＝三松幸雄　年譜＝著者
「死後の友人」を自任する日本の詩人は、夭折の切手画家に宛てて二年一ヵ月にわたり葉書を書き続けた。断片化された言葉を辿り試みる、想像の世界への旅。
ひK1
978-4-06-522001-6

古井由吉
詩への小路 ドゥイノの悲歌
解説＝平出 隆　年譜＝著者
リルケ「ドゥイノの悲歌」全訳をはじめドイツ、フランスの詩人からギリシャ悲劇まで、詩をめぐる自在な随想と翻訳。徹底した思索とエッセイズムが結晶した名篇。
ふA11
978-4-06-518501-8

大沢在昌 新装版走らなあかん、夜明けまで
大沢在昌 新装版涙はふくな、凍るまで
大沢在昌 語りつづけろ、届くまで
大沢在昌 罪深き海辺 (上)(下)
大沢在昌 やぶへび
大沢在昌 海と月の迷路 (上)(下)
大沢在昌 鏡の顔〈傑作ハードボイルド小説集〉
大沢在昌／藤田宜永／堂場瞬一／井上夢人／今野敏／月村了衛／東山彰良 激動 東京五輪1964
逢坂剛 十字路に立つ女
逢坂剛 重《じゅう》蔵《ぞう》始《し》末《まつ》
逢坂剛 じぶくり伝兵衛〈重蔵始末(二)〉
逢坂剛 猿曳遁兵衛〈重蔵始末(三)〉
逢坂剛 嫁盗み〈重蔵始末(四)長崎篇〉
逢坂剛 陰の声〈重蔵始末(五)長崎篇〉
逢坂剛 北門の狼〈重蔵始末(六)蝦夷篇〉
逢坂剛 逆浪《げきろう》果つるところ〈重蔵始末(七)蝦夷篇〉
逢坂剛 奔流恐るるにたらず〈重蔵始末(八)完結篇〉
逢坂剛 新装版カディスの赤い星 (上)(下)
逢坂剛 さらばスペインの日日 (上)(下)
オノ・ヨーコ／飯村隆彦 編 ただの私《あたし》
オノ・ヨーコ／南風椎 訳 グレープフルーツ・ジュース
折原一 倒錯の死角〈201号室の女〉
折原一 倒錯の帰結
折原一 倒錯のロンド〈完成版〉
小川洋子 ブラフマンの埋葬
小川洋子 最果てアーケード
小川洋子 琥珀のまたたき
小川洋子 密やかな結晶〈新装版〉
乙川優三郎 霧の橋
乙川優三郎 喜知次
乙川優三郎 蔓の端々
乙川優三郎 夜の小紋
恩田陸 三月は深き紅の淵を
恩田陸 麦の海に沈む果実
恩田陸 黒と茶の幻想 (上)(下)
恩田陸 黄昏の百合の骨
恩田陸 『恐怖の報酬』日記〈酩酊混乱紀行〉
恩田陸 きのうの世界 (上)(下)
恩田陸 七月に流れる花／八月は冷たい城
奥田英朗 新装版ウランバーナの森
奥田英朗 最悪
奥田英朗 マドンナ
奥田英朗 ガール
奥田英朗 サウスバウンド
奥田英朗 オリンピックの身代金 (上)(下)
奥田英朗 ヴァラエティ
奥田英朗 邪魔 (上)(下)〈新装版〉
乙武洋匡 五体不満足〈完全版〉
大崎善生 聖《さとし》の青春
大崎善生 将棋の子
小川恭一 江戸の旗本事典〈歴史・時代小説ファン必携〉
奥泉光 プラトン学園
奥泉光 シューマンの指
奥泉光 ビビビ・ビ・バップ
折原みと 制服のころ、君に恋した。
折原みと 時《とき》の輝き
折原みと 幸福のパズル

神崎京介　女薫の旅　耽溺《たんでき》まみれ
神崎京介　女薫の旅　誘惑おって
神崎京介　女薫の旅　秘に触れ
神崎京介　女薫の旅　禁の園へ
神崎京介　女薫の旅　欲の極み
神崎京介　女薫の旅　青い乱れ
神崎京介　女薫の旅　奥に裏に
神崎京介　I　LOVE
加納朋子　ガラスの麒麟
角田光代　まどろむ夜のUFO
角田光代　恋するように旅をして
角田光代　庭の桜、隣の犬
角田光代　人生ベストテン
角田光代　ロック　母
角田光代　彼女のこんだて帖
角田光代　ひそやかな花園
川端裕人　せちやん〈星を聴く人〉
川端裕人　星と半月の海
片川優子　ジョナさん
片川優子　ただいまラボ
神山裕右　カタコンベ
神山裕右　炎の放浪者
加賀まりこ　純情ババアになりました。
門田隆将　甲子園への遺言〈伝説の打撃コーチ高畠導宏の生涯〉
門田隆将　甲子園の奇跡〈斎藤佑樹と早実百年物語〉
門田隆将　神宮の奇跡
鏑木蓮　東京ダモイ
鏑木蓮　屈折光
鏑木蓮　時限
鏑木蓮　真友
鏑木蓮　甘い罠
鏑木蓮　京都西陣シェアハウス〈憎まれ天使・有村志穂〉
鏑木蓮　炎罪
鏑木蓮　疑薬
川上未映子　そら頭はでかいです、世界がすこんと入ります
川上未映子　わたくし率 イン 歯ー、または世界
川上未映子　ヘヴン
川上未映子　すべて真夜中の恋人たち
川上未映子　愛の夢とか
川上弘美　ハヅキさんのこと
川上弘美　晴れたり曇ったり
川上弘美　大きな鳥にさらわれないよう
海堂尊　外科医　須磨久善
海堂尊　新装版　ブラックペアン1988
海堂尊　ブレイズメス1990
海堂尊　スリジエセンター1991
海堂尊　死因不明社会2018
海堂尊　極北クレイマー2008
海堂尊　極北ラプソディ2009
海堂尊　黄金地球儀2013
海道龍一朗　室町耽美抄　花鏡
門井慶喜　パラドックス実践　雄弁学園の教師たち
門井慶喜　銀河鉄道の父
梶よう子　迷子石
梶よう子　ふくろう
梶よう子　ヨイ豊《とよ》
梶よう子　立身《りっしん》いたしたく候《そうろう》

講談社文庫　目録

梶よう子　北斎まんだら
川瀬七緒　よろずのことに気をつけよ
川瀬七緒　法医昆虫学捜査官
川瀬七緒　シンクロニシティ〈法医昆虫学捜査官〉
川瀬七緒　水《みな》底《そこ》の棘《とげ》〈法医昆虫学捜査官〉
川瀬七緒　メビウスの守護者〈法医昆虫学捜査官〉
川瀬七緒　潮騒のアニマ〈法医昆虫学捜査官〉
川瀬七緒　紅のアンデッド〈法医昆虫学捜査官〉
川瀬七緒　フォークロアの鍵
風野真知雄　隠密　味見方同心(一)〈くじらの姿焼き騒動〉
風野真知雄　隠密　味見方同心(二)〈干し卵不思議味〉
風野真知雄　隠密　味見方同心(三)〈幸せの小福餅〉
風野真知雄　隠密　味見方同心(四)〈恐怖の流しそうめん〉
風野真知雄　隠密　味見方同心(五)〈フグの毒鍋〉
風野真知雄　隠密　味見方同心(六)〈鵺《ぬえ》の闇鍋〉
風野真知雄　隠密　味見方同心(七)〈絵巻寿司〉
風野真知雄　隠密　味見方同心(八)〈ふふふの麩〉
風野真知雄　隠密　味見方同心(九)〈殿さま漬け〉
風野真知雄　潜入　味見方同心(一)〈恋のぬるぬる膳〉
風野真知雄　潜入　味見方同心(二)〈陰膳だらけの宴《うたげ》〉
風野真知雄　潜入　味見方同心(三)〈五右衛門の鍋〉
風野真知雄　昭和探偵1
風野真知雄　昭和探偵2
風野真知雄　昭和探偵3
風野真知雄　昭和探偵4
カレー沢薫　負ける技術
カレー沢薫　もっと負ける技術〈カレー沢薫の日常と退廃〉
カレー沢薫　非リア王
神楽坂淳　うちの旦那が甘ちゃんで
神楽坂淳　うちの旦那が甘ちゃんで2
神楽坂淳　うちの旦那が甘ちゃんで3
神楽坂淳　うちの旦那が甘ちゃんで4
神楽坂淳　うちの旦那が甘ちゃんで5
神楽坂淳　うちの旦那が甘ちゃんで6
神楽坂淳　うちの旦那が甘ちゃんで7
神楽坂淳　うちの旦那が甘ちゃんで8
神楽坂淳　うちの旦那が甘ちゃんで9
神楽坂淳　帰蝶さまがヤバい1
神楽坂淳　帰蝶さまがヤバい2
加藤元浩　捕まえたもん勝ち！〈七夕菊乃の捜査報告書〉
加藤元浩　量子人間《クォンタムマン》からの手紙〈捕まえたもん勝ち！〉
加藤元浩　奇科学島の記憶〈捕まえたもん勝ち！〉
梶永正史　銃の啼《な》き声〈潔癖刑事・田島慎吾〉
梶永正史　潔癖刑事　仮面の哄笑《こうしょう》
川内有緒　晴れたら空に骨まいて
神永学　悪魔と呼ばれた男
岸本英夫　死を見つめる心〈ガンとたたかった十年間〉
北方謙三　汚名の広場
北方謙三　試みの地平線〈伝説復活編〉
北方謙三　抱影
菊地秀行　魔界医師メフィスト〈怪屋敷〉
桐野夏生　新装版　顔に降りかかる雨
桐野夏生　新装版　天使に見捨てられた夜
桐野夏生　新装版　ローズガーデン
桐野夏生　ＯＵＴ(上)(下)
桐野夏生　ダーク(上)(下)
桐野夏生　猿の見る夢

2021年3月12日現在